Schattengalaxis
Projekt Wiederkehr

 Ich bin ein Nerd – und ich stehe dazu. In meiner Freizeit spiele ich Brett- und Kartenspiele und mit Battletech sogar ein ausgewachsenes Science Fiction Tabletop-Spiel – für dessen Hersteller ich so ganz nebenbei auch noch hin und wieder als Autor tätig bin. Zufälle gibt's ...

Schattengalaxis
Projekt Wiederkehr

Daniel Isberner

1. Auflage: Januar 2015
Alle Rechte vorbehalten.
www.danielisberner.de
© 2015 Daniel Isberner
Covergestaltung: Kasim Lewis
http://kwibl.deviantart.com/
Coverlayout: Daniel Isberner/Peer Bieber
Lektorat: Roswitha Druschke & Pippa Schneider
ISBN: 9783734771637
Herstellung und Verlag: BoD – Books on Demand, Norderstedt.

DANIEL ISBERNER

Über den Autor

Daniel Isberner ist der Autor der erfolgreichen Schattengalaxis Saga. Der erste Zyklus »Am Rande des Untergangs« lief vom Januar 2013 bis Dezember 2013 mit drei Romanen.

Neben der Schattengalaxis schreibt er ebenfalls für BattleTech, sowohl unter dem deutschen Lizenzhalter, Ulisses Spiele, als auch unter dem amerikanischen, Catalyst Game Labs. Für Ulisses Spiele startete im November 2014 der Silent-Reapers-Zyklus, eine sechsbändige E-Book Reihe, die sich mit der gleichnamigen Söldnereinheit befasst. Im Mai 2015 wird die Reihe als Sammelband im Taschenbuchformat unter dem Titel *Gejagt: Der Silent-Reapers-Zyklus* erscheinen. Für Catalyst Game Labs schreibt er vor allem Technical Readouts. Zuletzt ist von ihm das *Experimental Technical Readout: Most Wanted* erschienen.

Neben dem Schreiben spielt er für sein Leben gerne Brett- und Kartenspiele und hat auf seiner Webseite eine Reihe von Rezensionen zu verschiedenen Spielen veröffentlicht. Da derzeit leider keine regelmäßige Spielgruppe zusammenkommt, gibt es schon seit einiger Zeit keine neuen Rezensionen mehr. Sobald sich das ändert, wird das Projekt aber wiederbelebt.

DANIEL ISBERNER

Dramatis Personae

Ix:

Ferui'ilo: Medizinerin der *Olus'ert.* Zehnbeinige Ix.
Forsa'iti: Farmer. Zehnbeiniger Ix und »Anführer« der Farmer und anderen Zivilisten auf der *Olus'ert.*
Herasu'oli: Kapitänin der *Olus'ert.* Zwölfbeinige Ix.

Setzät:

Darfeaijsdasmendeas »*Darfa*«*:* Forscherin. Leiterin der Forschung am Nullzeitantrieb.
Guhasdnasderasderu: Forscherin.
Juasdasdgeastasnzda »*Juas*«*:* Sucher. Soll einen Verräter in den Reihen der Setzät finden, der die militärische Forschung behindert.
Ruchtasfertismartusak »*Ruchta*«*:* Xenobiologe. Sucht nach einem Weg das Hiejsaks-Virus zu bekämpfen.

Prolog

27. August 242

Farmschiff *Olus'ert* - Interdimensionale Spalte

Forsa'iti knickte seine zehn Beine ein, setzte sich auf den Boden und sah sich die Ernte an, die sie in diesem Zyklus einbringen würden. Es war nicht viel, nicht genug, um die Ix zu sättigen, die bei seiner Geburt gelebt hatten. Seitdem war ihre Zahl jedoch geschrumpft.

Mit einhundertdreiundfünfzig Jahren neigte sich sein Leben dem Ende zu. Er hatte mehrere Generationen wachsen sehen, jede von ihnen kleiner als die Generation davor.

Der Rat der Überlebenden versuchte das herunterzuspielen, aber Forsa'iti sah es. Sah es, wie es bereits seine Vorfahren gesehen hatte. Ferua'iti war die erste gewesen, die diesen Zyklus bemerkt hatte und sie hatte Aufzeichnungen angelegt. Nachdem vor über tausend Jahren ein Kurzschluss dafür gesorgt hatte, dass die gesamte Ernte der *Olus'ert* vernichtet worden war, war sie sicher gewesen, dass man sie hinrichten würde. Stattdessen hatte der Rat der Überlebenden sie am Leben gelassen.

Sie hatte nicht verstanden wieso. Bis sie bemerkt hatte, dass die Anforderungen an die Erträge von Generation zu Generation zurückgingen. Die Ix waren eine sterbende Spezies, gefangen in einer interdimensionalen Spalte, ohne eine Chance jemals wieder einen Planeten oder andere Wesen zu sehen.

Die Setzät hatten sie geschlagen. Nach Jahrtausenden der Eroberung und Ausbeutung von Galaxie über Galaxie, waren sie auf einen Gegner getroffen, der sich den interstellaren Eroberern entgegenstellen konnte.

Wenn auch nicht militärisch. Zumindest erzählen das die Geschichtenerzähler. Die Setzät waren am Verlieren und es brauchte den Verrat eines Hirachosa und von Admiral Zeris'opa, um die unbesiegbare Flotte der Ix in eine hinterhältige Falle zu locken.

Forsa'iti war sich nicht sicher, ob er all das wirklich glaubte. Das war jedoch kein Gedanke, den er jemals offen aussprechen konnte, ohne hingerichtet zu werden. Widerspruch gegen die Geschichtenerzähler und den Rat der Überlebenden wurde mit dem Tode bestraft – umgehend.

Er stand auf und drehte sich langsam im Kreis, bevor er die Erntehalle verließ. Die Tür hinter ihm rastete mit einem Rattern und Scharren ein, das am Vortag noch nicht da gewesen war.

Bei der Gottheit, schon wieder etwas kaputt. Wenn das so weitergeht, dann fällt die Olus'ert *aus ...*

Plötzlich verzerrte sich der Gang vor seinen Augen und in seinem Magen breitete sich ein Gefühl der Übelkeit aus, das ihn übermannte und zu Boden schickte.

Kapitel 1

26. August 242
Setzät Basis Beta – Rizos IV

Ruchtasfertismartusak – oder auch Ruchta, wie seine Freunde ihn nannten – stand vor seiner Computerstation in Basis Beta auf dem Planeten Rizos IV. Der schleimige, gliedmaßenlose Körper des Setzät hatte eine dunkelblaue Tönung und maß vom Boden bis zum Kopfende ganze anderthalb Meter. Damit war er der größte Setzät auf dem Planeten.

Langsam formten sich Greifarme aus dem Schleim, der um ihn herum auf und ab floss und die äußerste Hülle seines Körpers bildete. Die schleimigen Arme legten sich um die einzelnen Querstreben des wäscheständerartigen Computers und begannen, sie zu drücken und zu dehnen, um Befehle einzugeben.

Wenn es sein musste, konnte er die Greifarme – und anders geformte Ausläufer seines Körpers – auch schneller bilden, aber das war anstrengend und gefährlich. Formte man sie zu schnell, lief man Gefahr, dass sie zu dünn wurden und ihr eigenes Gewicht nicht halten konnten, wodurch sie dann abbrachen. Das wäre nicht nur anstrengend, sondern auch schmerzhaft. Tausende von Synapsen und Nerven halfen dabei, die schleimige Außenschicht der Setzät zu kontrollieren. Wenn sie abfielen, waren sie verloren. Zwar würde sein Körper sie nachbilden, aber das kostete Zeit und erforderte einen längeren Ruhezyklus als normal. Zeit, die sie auf dem Außenposten nicht hatten.

Der Bürgerkrieg innerhalb ihrer eigenen Spezies zwang sie zur Eile. Die Separatisten waren auf dem Vormarsch und das Hiejsaks-Virus raffte ihre Spezies dahin. Hiejsaks hätte den Krieg für sie entscheiden sollen. Der Virus war genetisch gezüchtet, basierend auf Aufzeichnungen, die sie in Schiffen und Raumstationen der Ix gefunden hatten. Er war so angelegt gewesen, dass er speziell die DNS der Anführer der Separatisten attackieren und sie töten sollte. Zusammen mit ihren Familien, um ein Exempel zu statuieren. Stattdessen war der Virus mutiert und hatte alles und jeden angegriffen – mit Ausnahme der Ziele, für die er gedacht war.

Die Ix waren Meister in der Genetik. Sie haben sich selbst das neurale Netzwerk in ihren genetischen Code eingepflanzt und sie haben die Hirachosa geschaffen. Mit Hilfe ihrer Daten hätte es funktionieren sollen. Wie konnte es nur derart schiefgehen?

Nun forschten Ruchta und ein Team von Wissenschaftlern an einem Weg, um den Virus zu neutralisieren. Eine Erschütterung erinnerte ihn daran, dass sie jedoch nicht das einzige Team auf dem Planeten waren.

Sie waren nur eines von vier Teams, aufgeteilt auf zwei Basen. Basis Beta forschte an einer Heilung für das Hiejsaks-Virus sowie einer Verbesserung ihrer Terraforming-Technologie. Basis Alpha forschte an einem interstellaren Antrieb, der es ihnen ermöglichen sollte, in Nullzeit zwischen den Sternen zu reisen und einem Projekt für das Militär, von dem Ruchta nicht wusste, was es war. Niemand von ihnen wusste es.

Als er fertig mit seinen Computereingaben zum letzten Experiment war, drehte er sich um und betrachtete ein letztes Mal das Ergebnis.

Das unförmige, hässliche Wesen in der Quarantänekammer hatte einst bleiche, rosa Haut gehabt, von der aber nicht mehr viel übrig war. Das Virus hatte sie von innen zersetzt. Ruchta wusste nicht, wo ihr Erkundungsteam das Wesen aufgetrieben hatte, aber sie hatten seit Beginn ihrer Forschung Hunderte von ihnen getötet, um eine Lösung für das Problem des Aussterbens ihrer eigenen Spezies zu finden.

Zur Überraschung seines Forschungsteams, hatten sie genug genetische Ähnlichkeit zwischen diesen Wesen und ihrer eigenen Spezies gefunden, um sie mit dem Hiejsaks-Virus infizieren und verschiedene Gegenmittel an ihnen ausprobieren zu können. Bedenken, dass sie an einer intelligenten Spezies experimentierten, hatte Ruchta, anders als andere seiner Teammitglieder, nicht. Das Wesen in der Quarantänekammer war primitiv. Nach allem, was er wusste, waren sie nicht nur primitiv, sondern es gab Anzeichen dafür, dass sie sich gegenseitig am Fortschritt hinderten und diesen sogar als bedrohlich ansahen.

Hochrechnungen zu ihrer Entwicklung sagten voraus, dass sie sich selbst vernichten würden, bevor sie jemals einen zivilisatorischen Meilenstein, wie zum Beispiel die Elektrizität, erreichten. Was sprach also dagegen, eine solche Spezies für Experimente zu nutzen?

Wir haben es mit anderen versucht, aber keine von ihnen ist nahe genug an unserer DNS, um hilfreich zu sein. Und wir können nicht an unseren eigenen Leuten experimentieren, dafür sind einfach zu wenige übrig.

Er bildete erneut einen schleimigen Arm und drückte einen Knopf an der Seite der Quarantänekammer. Flammen schossen aus dem Boden und verwandelten das tote Wesen und den Virus in ihm zu Asche. Später würde er ein neues Versuchsobjekt holen und in die Kammer werfen. Nun wollte er aber erstmal etwas essen.

Setzät Basis Alpha – Rizos IV

Darfeaijsdasmendeas, kurz Darfea, fuhr einen frisch gebildeten Greifarm langsam wieder zurück. Wollte sie wirklich den Schalter betätigen? Die Mitglieder ihres Forschungsteams starrten sie an. Sie konnte die vier Augen von Juas auf sich spüren, der sie mit besonderer Skepsis beäugte. Der junge Setzät war erst vor einigen Zyklen auf Rizos IV eingetroffen.

Ich hänge ein paar Lunen hinterher und das Zentralkommando schickt mir einen Sucher. Einen Sucher. *Wie können sie es wagen, an meiner Loyalität zu zweifeln?*

Sucher waren Angehörige des Militärs, die speziell dafür geschult worden waren, Verräter zu finden und sie zur Strecke zu bringen. Ursprünglich war der Sucherorden geschaffen worden, um Hirachosa innerhalb ihrer eigenen Reihen zu finden. Hundert Jiner nachdem die Ix besiegt worden waren, hatte ein Team von Wissenschaftlern Scanner entwickelt, mit deren Hilfe sie die Körperspringer aufspüren konnten. Der Sucherorden war nutzlos geworden – theoretisch. Der kurz darauf aufflammende Bürgerkrieg hatte dem Orden Rückenwind gegeben. Nun suchten sie nicht mehr nach

Hirachosa, sondern nach Verrätern, die mit den Separatisten sympathisierten.

Über eintausend Jinern Krieg ... wie konnte es soweit kommen? Wenn ich Erfolg habe, dann kann ich den Krieg hier und heute beenden.

Das war die Motivation, die sie gebraucht hatte. Sie fuhr den schleimigen Arm wieder aus und wickelte ihn um drei Querstreben ihres Computers, um dann mit wohldosiertem Druck an den richtigen Stellen den Befehl zum Start zu geben.

Nichts passierte.

Die eben noch skeptischen Blicke ihres Teams wurden ängstlich. Wenn der Sucher sie für das Versagen verantwortlich machte, dann ...

Rauch kam aus dem Mittelteil ihres schleimigen Körpers und es dauerte mehrere Sekunden, bevor Darfea begriff, was passiert war. Der Sucher musste irgendwo unter seiner Schleimschicht einen Laser versteckt gehabt haben.

Mit dieser Erkenntnis sackte ihr toter Körper zusammen.

Juas betrachtete sein Werk zufrieden. Der Körper der toten Wissenschaftlerin war bereits dabei, seinen Schleim abzustoßen und an mehreren Stellen wurde das darunterliegende Fell sichtbar. Mit festen Schritten trat er in den schleimigen See und nahm das Lebenselixier in sich auf.

Es war ein Prozess, der beinahe unmöglich zu erlernen war. Nur der Sucherorden hatte jemals gelernt, wie man den Schleim eines sterbenden Setzät aufnahm, um sich dessen Wissen und Kraft anzueignen.

Zu seiner Verwunderung musste er feststellen, dass Darfeaijsdasmendeas keine Verräterin war. Dabei war er sich sicher gewesen, dass ihr Experiment aufgrund von Sabotage gescheitert war.

Wenn nicht sie, wer war es dann? Wer in ihrem Team ist es, der den Separatisten hilft?

Er drehte sich im Kreis und starrte in die schockierten Augen der Setzät um ihn herum. Sie alle hatten gewusst, dass ein Sucher den Tod eines ihrer Teammitglieder bedeuten würde, aber sie hatten sicher nicht damit gerechnet, Zeugen dieses Todes zu werden.

Seinen Fehler konnte er jedoch nicht zugeben. Der wahre Verräter musste nicht wissen, dass ihm sein Fehler bewusst geworden war.

»Darfeaijsdasmendeas war eine Verräterin. Sie hat den Fortschritt dieses Projekts aufgehalten, um den Separatisten zu helfen. Verrat wird nicht geduldet!«

Wer auch immer der wahre Verräter war, niemandes Schleim verfärbte sich genug, um erkennbar Schuldgefühle zu zeigen. Juas hatte aber auch nicht damit gerechnet. Wer auch immer der Verräter war, er arbeitete schon lange genug mit den Separatisten zusammen, um die Treue zu anderen Angehörigen seines Volks längst verloren zu haben. Schuldgefühle würden den Verräter nicht enttarnen.

Und da Intuition mich auf die falsche Fährte geführt hat, bleibt mir nur Spionage.

Sein Plan war ein Risiko, da er Tür und Tor für einen theoretischen Hirachosa-Angriff öffnete, aber es hatte seit achthundert Jinern keinen Beleg für Hirachosa mehr gegeben. Er konnte es riskieren.

Kapitel 2

27. August 242
Setzät Basis Beta – Rizos IV

Angewidert drehte Ruchta sich von dem hässlichen, rosa Wesen weg, das seine Wachen in die Quarantänekammer gezerrt hatten. Es hatte versucht zu fliehen, hatte sich gewehrt und um sich geschlagen, aber ohne Erfolg. Dutzende dicke, schleimige Tentakel der beiden Soldaten hatten sich um es geschlungen und es kampfunfähig gemacht.

Nun hämmerte das Wesen an das Glas und schlug sich die Extremitäten blutig. Es war diese Sinnlosigkeit, die den Setzät anwiderte. Wenn das Wesen sich zu schwer verletzte würde es für die Tests wertlos werden.

Es versteht nicht mal, dass es uns mit seinem Verhalten schadet.

Bevor es tatsächlich irreparable Schäden anrichten konnte, ließ Ruchta ein Betäubungsgas in die Kammer einströmen. Das würde die eigenen Widerstandskräfte des Körpers des Wesens schwächen, aber die Alternative war vollkommene Wertlosigkeit. Das konnte er sich nicht leisten. Es war das letzte dieser Wesen, das sie noch übrig hatten. Neue würden erst in einigen Lunen eintreffen.

Das ist alles Darfeaijsdasmendeas' Schuld. Wenn sie ihre eigene Forschung nicht behindert hätte, um den Separatisten zu helfen, dann könnten wir in Nullzeit zum Heimatplaneten der hässlichen Kreaturen reisen und neue beschaffen.

Ohne die neue Technologie waren jinerlange Hyperraumreisen nötig. Ruchta musste sich aber auch eingestehen, dass die langen Reisezeiten auch dazu beitrugen, dass das Hiejsaks-Virus sich nicht schnell genug verbreiten konnte, um ihre Spezies komplett auszulöschen. Zumindest bislang.

Es waren Selbstmordattentäter der Separatisten, die sich auf Kolonien aussetzen ließen oder in Militärstützpunkte eindrangen. Vor acht Jinern hatten sie ein Schiff der Verräter mit hunderten Toten und nur einem knappen Dutzend Überlebender lahmgelegt. Ursprünglich hatten sie nur einen einzigen Infizierten an Bord gehabt, aber kurz vor dessen Tod hatte sich immer wieder der nächsten anstecken lassen, um den Virus am Leben zu halten und bis nach Huisdas zu bringen. Es war pures Glück gewesen, dass sie das Schiff aufgebracht hatten, bevor es gelandet war.

Seitdem wussten sie, wie die Separatisten das Virus verbreiteten, aber auch, dass ihnen die Technologie, das Virus als Gas zu verbreiten noch nicht in die Hände gefallen war. Es war genau dieses Gas, das Ruchta nun in die Quarantänekammer entließ.

Setzät Basis Alpha – Rizos IV

Juas beobachtete die Daten, die er mit dem Hirachosascanner gesammelt hatte. Er hatte die Scanner so umgestellt, dass sie nicht mehr nach Hirachosa suchten, sondern Angstpheromone aufnahmen. Zwar konnte er das selbst auch, die Scanner waren jedoch wesentlich genauer. Dazu musste er sich eingestehen, dass er bereits einmal falsch gelegen hatte.

Er konnte es sich nicht erlauben, diesen Fehler zu wiederholen. Die Zahl an lebenden Setzät – und vor allem solchen, die dem Zentralkommando treu ergeben waren – war zu gering.

»Energiezufuhr steht«, meldete Guhasdnasderasderu, die neue Leiterin des Forschungsteams.

»Algorithmus sieben-acht-neun-fünf geladen«, antwortete ein anderer Wissenschaftler.

Langsam, beinahe ehrfürchtig, bildete Guhasdnasderasderu einen Greifarm, den sie um mehrere Querverbindungen ihres Computers schlang und dann daran zog. Juas achtete kaum auf sie. Seine Aufmerksamkeit war auf die umliegenden Setzät gerichtet. Einer von ihnen war der Verräter, aber wer?

Wenn ich dich habe, wird das Experiment endlich ...

»Spalte erfolgreich!«, riss die Teamleiterin ihn aus seinen Gedanken und machte es ihm unmöglich, seine Überraschung zu verbergen – und hatte er einen Hauch von Schock in ihrer Stimme gehört?

Der Gedanke wurde jedoch von rot leuchtenden Alarmlichtern und einer schrillen Sirene unterbrochen.

»Ix Schiff im Orbit über Basis Beta«, kündigte eine klangvolle, emotionslose Computerstimme an, »Huasne'uri Klasse. Name unbekannt.«

Farmschiff *Olus'ert* – Im Orbit von Rizos IV

Forsa'iti kam langsam wieder auf die Beine.
Was, bei der Gottheit, war das?
Ein blaues Leuchten tauchte den Gang in bedrohliches Licht, einen anderen Alarm gab es jedoch nicht – der war seit zweihundert Jahren defekt und niemand hatte einen Sinn darin gesehen ihn zu reparieren. So schnell seine zehn Beine den spinnenartigen, vierarmigen Körper trugen, rannte er zur Brücke. Dort stand Kapitänin Herasu'oli in der Mitte des Raumes und schien genauso mitgenommen, wie Forsa'iti sich fühlte.

Die zwölfbeinige Ix aus der höheren Kaste war eine von lediglich einem Dutzend Soldaten an Bord der *Olus'ert*. Selbst diese Menge war dem Farmer bisher zu viel vorgekommen. Wozu brauchten sie schließlich Soldaten auf einem zivilen Schiff? Herasu'oli reichte vollkommen aus, um ihnen eine Verbindung zum neuralen Netzwerk und dem Rest der im Niemandsland treibenden Flotte zu liefern.

Das neurale Netzwerk ... Für Forsa'iti würde es immer ein Mysterium bleiben. Kein zehnbeiniger Ix hatte jemals Zugriff auf das Gedankennetzwerk gehabt, das die zwölfbeinigen Ix miteinander verbannt und sie ihre Technologie mit bloßen Gedanken kontrollieren ließ.

Ihre gesamte Situation änderte sich jedoch schlagartig, als er das Hologramm in der Mitte der Brücke, die von der Kapitänin alleine bemannt wurde, sah. Die Flotte war verschwunden und vor ihnen im Raum hing etwas, das unmöglich sein konnte. Aber doch, er hatte Bilder gesehen und die

Geschichtenerzähler hatten es ihnen beschrieben. Dennoch fiel es ihm schwer seinen Augen zu trauen.

Sie befanden sich im Orbit eines Planeten.

Herasu'oli hatte keine Zeit sich darüber Gedanken zu machen, was sie vor sich sah und schaute, nachdem sie sich von dem Gefühl der Übelkeit erholt hatte, nicht auf die Hologramme. Das neurale Netzwerk war beinahe komplett in sich zusammengebrochen. Sie hatte keine Verbindung mehr zur Flotte und konnte lediglich die anderen Elf Mitglieder der höheren Kaste auf der *Olus'ert* erreichen.

Denen erging es nicht anders und das neurale Netzwerk wurde mit einer Welle von Verwirrung und Wut überschüttet. Erst nach ein paar Sekunden sah die Kapitänin auf das Hologramm vor sich. Die Überraschung und der Schock, der das Netzwerk zuvor durchdrungen hatte, war nichts, gegen das, was sie nun aussendete.

Sie hatten einen Planeten vor sich. Einen Planeten! Über fünftausend Jahre waren sie durch die interdimensionale Spalte geirrt, ohne ein Zeichen von Leben zu entdecken.

Und nun habe ich es gefunden! Ich! Ich ganz allein!

Der Rat der Überlebenden hatte sie vor zwei Jahren zur Strafe auf die *Olus'ert* versetzt, weil sie den Namen der Gottheit blasphemisch benutzt hatte. Die Versetzung auf ein minderwertiges Farmschiff war ihr beinahe wie eine Todesstrafe vorgekommen. Aber all das war vergessen.

Die Strafversetzung hatte dazu geführt, dass Herasu'oli einen Planeten gefunden hatte – und kein anderes Schiff der Ix war auch nur in der Nähe. Was auch immer passiert war, sie war die ranghöchste Ix auf dem Schiff und damit die Herrscherin dieser Galaxis.

Bevor ich die Galaxis an mich reiße, muss ich aber herausfinden was passiert ist.

Hinter ihr öffnete sich die Tür zur Brücke und durch ihre Verbindung zum neuralen Netzwerk, das auf die Sensoren an der Tür zugreifen konnte, wusste sie, dass Forsa'iti eingetreten war. Für eine zehnbeinige Missgeburt war der Farmer relativ wichtig. Er führte die zivile Kaste auf dem Farmschiff an und Herasu'oli hatte schon vor langem beschlossen, ihn gewähren zu lassen. Auf diese Art musste sie sich nicht mit den unwichtigen Querelen der niederen Kaste befassen. Normalerweise kam er nur auf die Brücke, wenn er etwas Wichtiges zu berichten hatte, das ihrer Aufmerksamkeit bedurfte, dennoch beschloss sie, den Farmer vorerst zu ignorieren. Sie hatte Wichtigeres zu tun.

Sie studierte die Scanner, die glücklicherweise noch funktionierten. Auf anderen zivilen Schiffen war das schon lange nicht mehr der Fall. Die *Olus'ert* war eines von nur zwei nicht-militärischen Schiffen, die noch immer in der Lage waren ihre Umgebung wahrzunehmen, ohne Daten aus dem neuralen Netzwerk nutzen zu müssen.

Normalerweise hätte das nicht gestört. Das Netzwerk versorgte jeden Kapitän mit genug Daten, um sein Schiff auch so perfekt in die Flotte integrieren zu können. In ihrer momentanen Situation waren sie jedoch auf ihre Sensoren angewiesen, da die Flotte, die sie normalerweise mit Informationen versorgen konnte, nicht mehr in derselben Realität weilte.

Sie konnte zwei Energiesignaturen auf dem Planeten ausmachen. Eine beinahe direkt unter ihnen, die andere nur schwach. Sie musste sich auf der anderen Seite befinden.

Haben wir Fähren an Bord?

Sie wusste es nicht, ließ den Gedanken aber in das neurale Netzwerk einsickern, damit einer ihrer Krieger den Hangar prüfte. Normalerweise sollten sie mindestens eine Fähre auf der *Olus'ert* stationiert haben. Damit wurden jedoch immer wieder Vorräte an den Rest der Flotte geliefert.

Vorräte!

Nun drehte sie sich doch zu dem Farmer um und schenkte ihm damit mehr Beachtung, als er verdiente.

»Wie viel Nahrung und wie viel zu Trinken haben wir an Bord?«

Forsa'iti zögerte mit seiner Antwort keine Sekunde. Diese Informationen hatte er immer im Kopf und hätte sie selbst im Schlaf wiedergeben können.

»Unsere Nahrungsmittelvorräte sind nahezu voll. Wir haben gestern eine Fähre zum Schiff des Rats geschickt, das ist alles. Mit Getränken sieht es dagegen schlechter aus. Die *Plsda'ers* sollte uns in zwei Tagen neu versorgen. Ohne eine neue Lieferung haben wir nur noch genug an Bord für drei Tage, außer wir schalten die Bewässerung für die Farmanlagen ab. Dann deutlich länger, das wird sich jedoch negativ auf unsere Lebensmittelvorräte auswirken. Ohne die Aufbereitungsanlagen der *Plsda'ers* können wir unsere Wasservorräte nicht wiederverwenden.«

Bevor er wusste wie ihm geschah, wurde er plötzlich von vier Fäusten getroffen und dann vom Boden hochgehoben und über die Brücke geschleudert. Als er gegen die Wand prallte, konnte er ein lautes Knacken hören, dann jagte ein brennender Schmerz über seinen Rücken.

Sie hat mir den Panzer gebrochen. Bei der Gottheit, warum?

Die Ix waren von einem äußeren Chitinpanzer umgeben, der sie ausgesprochen widerstandsfähig machte. Ein zwölfbeiniges Mitglied ihrer Spezies hätte von dem Aufprall vermutlich leichte Verletzungen erlitten, aber die Panzer der zehnbeinigen Ix waren schwächer. Es war einer der Gründe, dass Forsa'iti und der Rest seiner Artgenossen als minderwertig angesehen wurden. Er wollte sich nicht vorstellen, wie schwer die Verletzungen waren, die er davongetragen hatte – das laute Knacken und der brennende Schmerz ließen jedoch wenig Zweifel daran, wie schwer sie waren.

Was habe ich getan, damit sie mir das antut?

Unter Schmerzen kam er wieder auf die Beine und sah zu Herasu'oli herüber, die ihn aber nicht mehr zu beachten schien. Sie hatte die Informationen bekommen, die sie hatte haben wollen. Offensichtlich war sie damit aber nicht zufrieden gewesen und hatte ihre Wut an ihm ausgelassen.

Mit einem hasserfüllten Glühen in den Augen schlich er von der Brücke, um seine Wunden versorgen zu lassen.

Kapitel 3

27. August 242
Setzät Basis Beta – Rizos IV

Ruchta studierte seine Anzeige immer und immer wieder. Die Kreatur in der Quarantänekammer hatte stabile Werte. Ihr Herz schlug langsam, ihr Atem ging ruhig ... es war mehr, als er jemals zuvor bei einem Versuchsobjekt gesehen hatte.

Aber ist es genug? Ist die Kreatur geheilt oder kommt das Virus zurück? Stärker, bösartiger und tödlicher?

Genau so hatten sie das Virus gebaut. Wenn es auf Widerstand traf, dann mutierte es, bis es ihn gebrochen hatte. Es war ein meisterhafter Plan. Einer, der es den Anführern der Separatisten unmöglich hätte machen sollen, ein Gegenmittel zu finden. Stattdessen musste er nun gegen genau diesen Mechanismus ankämpfen und hoffen.

Alarmsirenen rissen ihn aus seinen Gedanken, aber die Anzeigen der Quarantänekammern waren noch immer gelb. Wenn sie grün leuchteten, liefen sie Gefahr, dass die Dichtungen brachen und wenn sie rot wurden, dann verbreitete sich das Virus in der Anlage.

Aber wenn nicht das Virus, was ist dann los?

Da es keine Ansage gab und Ruchta keinen Zugang zu den Servern des Militärs hatte, konnte er es nicht sagen. Er wusste, dass Basis Alpha vollen Zugang zum Sicherheitssystem hatte, aber dort forschte auch das Militär. Er schaltete die Aufzeichnungsgeräte der Quarantänekammer ein und machte sich auf den Weg zum Sicherheitsposten der Anlage. Dort sollte man ihm sagen können, was los ist.

Der Posten war verlassen.

Die Tür stand offen, aber es war niemand im Raum. Die drei Wachen, die eigentlich immer vor Ort sein sollten, waren verschwunden. Die Computersysteme waren eingeschaltet, standen aber allein. Ruchta sah sich im Gang um, ob die Wachen auf dem Rückweg waren, konnte sie aber nicht sehen.

Er betrat den Raum und bildete Greifarme, die er um mehrere Computer schlang, um die Informationen in ihnen aufzurufen. Was er sah, ließ ihn seine schleimigen Arme schockiert zurückbilden und den Raum langsam verlassen. Wenn niemand ihn darüber informierte, dass die Ix zurückgekehrt waren, dann hatte das einen Grund.

Ich will nicht wissen, was sie mit mir anstellen, wenn sie herausfinden, dass ich ihnen nachspioniert habe.

Das erklärte aber immer noch nicht, warum die Station unbesetzt war. Sie hatten ihre uralten Feinde im Orbit, sollte das Militär sie nicht beschützen, statt unauffindbar zu sein?

Setzät Basis Alpha – Rizos IV

Juas bildete seine schleimigen Greifarme wieder zurück. Die Befehle, die er an sämtliche Soldaten auf dem Planeten übertragen hatte, waren klar gewesen. Er hatte das Kommando übernommen und sie alle sollten nach Basis Alpha kommen, um weitere Befehle und einen Schlachtplan abzuwarten. Mit den Ix über Basis Beta, war die Basis verloren.

Er musste seine Truppen sammeln, wenn er eine Chance haben wollte. Immer vorausgesetzt, die Ix bombardierten sie nicht vom Orbit aus, dann gab es nichts, was er tun konnte. Verstärkungen waren mindestens zwei Lunen weit weg.

Dennoch öffnete er eine Verbindung zum Zentralkommando und zu Jionba Alpha, dem nächstgelegenen Flottenstützpunkt.

»Dies ist Sucher zweiundvierzig, Juasdasdgeastasnzda, für das Zentralkommando. Wir haben ein Schiff der Ix über Rizos IV. Ich wiederhole, wir haben ein Schiff der Ix über Rizos IV. Es handelt sich um ein nicht identifiziertes Huasne'uri. Wir wissen weder, wo es herkommt, noch wie viele weitere Schiffe folgen werden. Die Forschungen von Basis Alpha und Basis Beta sind lebensnotwendig für den Erhalt unserer Spezies. Ich werde die Ix so lange aufhalten wie ich kann, bevor Verstärkungen eintreffen. Hiermit erbitte ich sämtliche Schiffe, die sich auf Jionba Alpha befinden.«

Er kappte die Verbindung zu Jionba Alpha und sprach nur noch mit dem Zentralkommando.

»Ich habe Basis Beta von Militär geräumt. Mir ist klar, dass das bedeutet, dass wir die Forschung am Gegenmittel für das Hiejsaks-Virus verlieren werden, aber wegen des Schiffs der Ix im Orbit, über der Basis, besteht das Risiko eines Orbitalschlags. Dieser Gefahr kann ich das Personal nicht aussetzen. Ich habe sämtliche Daten kopiert und zu Basis Alpha übertragen. Am Ende dieser Nachricht werde ich mit der Übertragung zum Zentralkommando beginnen. Basis Alpha ist funktionsfähig. Ich wiederhole: Rizos IV Alpha ist funktionsfähig.«

Die Forschung von Basis Alpha war das einzige, was er den Ix entgegenwerfen konnte. Es war jedoch etwas, das sie vernichten könnte. Dazu musste er Basis Beta jedoch opfern.

Fähre *Masde'olr* im Landeanflug auf Rizos IV

Herasu'oli verzichtete darauf, sich festzuhalten, als die Fähre durch die Atmosphäre des unbekannten Planeten donnerte und von einem Gewitter geschüttelt wurde. Sie hatte acht ihrer Soldaten mitgenommen, plus einen zivilen Piloten – für mehr hatte sie keine Raumanzüge an Bord der *Olus'ert* gehabt. Alle von ihnen hielten sich fest, um nicht von ihren zwölf Beinen gefegt zu werden. Der einzige von ihnen, der sich nicht festhielt war der zehnbeinige Pilot, da er fest angeschnallt auf der Pilotenliege saß.

Andernfalls würde die Missgeburt zweifellos durch das Schiff geschleudert werden.

Sie überprüfte die Versiegelung ihres Helms, um sicherzugehen, dass die sauerstoffhaltige – und für die Ix giftige – Atmosphäre nicht hineinsickern konnte. Es war nicht das erste Mal, dass sie das überprüfte, aber sie wollte absolut sicher gehen. Die Anzüge wurden normalerweise ausschließlich von der zivilen Kaste benutzt, um das Farmschiff zu warten. Sie war sich nicht sicher, ob sie diesen Missgeburten die richtige Pflege der Anzüge zutraute.

Ein Teil von ihr bestand darauf, dass die zehnbeinigen Ix andernfalls sonst auch nicht in der Lage wären, die *Olus'ert* instand zu halten. Ein anderer Teil, der, der dazu erzogen wurde, die zehnbeinigen Mitglieder ihrer Spezies zu verachten, bestand darauf, ihnen zu misstrauen. Es war der zweite Teil, der sich ihr Leben lang schon immer durchgesetzt hatte.

Mit einem Krachen kam die Fähre auf dem Boden auf und mehrere Anzeigen wechselten auf ein alarmierendes Blau. Wenn sie wieder zurück an Bord der *Olus'ert* waren würde sie den Piloten für seine Inkompetenz büßen lassen. Die Tentakel auf ihrem Kopf wüteten herum, als sie ihren Blick auf das Cockpit richtete. Es war einzig ihrem Helm zu verdanken, dass die Mitglieder ihres Landetrupps ihre nur schlecht unterdrückte Wut nicht sehen konnten.

Die Seitenklappen der Fähre fuhren hoch und gaben den Blick auf den Planeten frei. Eine lange und weite grüne Wiese, die hier und da von ein paar Sträuchern unterbrochen wurde, umgab das Raumschiff. Das Gras – *Gras, echtes Gras!* – wuchs wild in die Höhe und erweckte nicht den Eindruck, als wenn es gepflegt werden würde.

Zweihundert Meter vor ihnen ragte ein grauer Klotz aus der Wiese heraus. Es war diese Anlage, aus der sie die Energiesignaturen geortet hatten. Herasu'oli riss die Energielanze, es gab keine Gewehre an Bord der *Olus'ert*, von ihrem Rücken und sendete den Befehl zum Vorrücken über das neurale Netzwerk.

Sie kamen bis zu dem Gebäude, ohne auf Widerstand zu stoßen. Wie war das möglich? Die Anlage war nicht verlassen, dessen war sie sich sicher. Wer auch immer sie gebaut hatte, war anwesend. Immerhin ging eine eindeutige Energiesignatur davon aus. Niemand würde derart viel Energie verbrauchen und dann nicht anwesend sein. Sie war zu kostbar, zu rar.

Ist sie das? Auf unseren Schiffen, ja. Aber hier, auf einem Planeten? Energie muss in Hülle und Fülle vorhanden sein.

Die Erkenntnis traf sie wie ein Schlag. Ja, ihr eigenes Volk rationiert alles. Energie, Nahrung, Fortpflanzung ... Aber galt das auch für andere Völker? Die Ressourcen auf einem Planeten mussten endlos sein.

Kein recyceltes Wasser, keine abgestandene Nahrung und Oraschus, um die Energieversorgung zu realisieren. Nein, welche Spezies auch immer hier existierte, sie musste sich keine Gedanken um Verschwendung machen.

Sie musterte das, was wie das Tor zur Basis aussah. Es war eine halbrunde Vertiefung in der Außenwand, die von mehreren verzweigten, metallenen Ebenen verdeckt wurde. Die Konstruktionsweise kam Herasu'oli seltsam bekannt vor, sie hatte jedoch nicht das Gefühl, sie schon einmal gesehen zu haben. Woher kannte sie es dann?

Sie grübelte darüber nach, während sie mit ihrer, vorerst wieder deaktivierten, Energielanze über die Oberfläche strich und immer wieder leicht klopfte. Die anderen Ix taten es ihr nach, bis einer von ihnen eine weniger massiv klingende Stelle gefunden hatte und sie durch das neurale Netzwerk zu sich herüberrief.

Nahezu gleichzeitig aktivierten vier ihrer Soldaten ihre Energielanzen und stießen dann absolut synchron mit der Spitze voraus gegen die Schwachstelle in der Konstruktion. Sofort wurde ein Riss im Metall erkennbar und sie stießen erneut zu. Wieder und wieder, bis ein klar erkennbares Loch sichtbar wurde und die Risse sich über das Tor ausdehnten.

Nun fingen auch die restlichen Ix an, mit ihren Energielanzen auf das Tor einzuprügeln und ihnen so einen größeren Zugang zu schaffen.

Herasu'oli beobachtete die Fortschritte, die ihre Untergebenen machten, beteiligte sich aber nicht an der Arbeit. Es war die Aufgabe der niederen Ränge, ihr den Weg zu bahnen, sie würde sich nicht zu derart minderwertiger Arbeit herablassen.

Nachdem das erste Loch geschlagen war, ging die restliche Arbeit deutlich schneller voran. Das Tor brach an mehreren Stellen unter der Gewalt der Energielanzen auseinander und schaffte einen Zugang, den die spinnenartigen Ix problemlos in Paaren nebeneinander passieren konnten.

Auf zu meiner ersten Eroberung als Herrscherin der Ix in dieser Dimension.

Mit diesem Gedanken marschierte Herasu'oli als erste in die Basis ihrer unbekannten Feinde ein.

Kapitel 4

27. August 242
Setzät Basis Beta – Rizos IV

Ruchta hörte die Schmerzensschreie der Setzät, die unter dem Ansturm der Ix starben, die in Basis Beta einmarschierten. Es gab jedoch nichts, was er für seine Kollegen und Freunde tun konnte. Er hatte das Wissen um den bevorstehenden Angriff ihrer antiken Feinde genutzt, um seine Forschungsdaten zu sichern und sich ein Gewehr aus den zurückgelassenen Waffenvorräten des Militärs zu nehmen.

Wohin auch immer die Verräter verschwunden waren, sie hatten sich offenbar nicht die Zeit genommen, ihre komplette Ausrüstung zusammenzupacken. Er hatte Gewehre, Pistolen und sogar einige Sprengsätze gefunden. Letztere hatte er bereits in den Händen gehabt, sich dann aber gegen sie entschieden. Sie hätten mit Sicherheit einigen Schaden bei den Ix angerichtet – wenn er sie zum Einsatz bringen konnte. Ohne eine Ausbildung an ihnen ging er jedoch eher davon aus, dass er sich bei erster Gelegenheit selbst in die Luft sprengte. Daran hatte er kein Interesse gehabt. Ein Selbstmordkommando mitten in die Reihen ihrer Feinde stand nicht auf seinem Plan.

Stattdessen wollte er sein eigenes Überleben sichern – und das bedeutete, den Kampf mit den Aliens so lange wie möglich zu vermeiden. Stattdessen wollte er herausfinden, wo sie hergekommen waren, wie sie aus der interdimensionalen

Spalte entkommen konnten. Denn er hatte keine Zweifel daran, dass es sich um Flüchtlinge aus der Spalte handelte.

Die in der Galaxis verbliebenen Ix hatten seit beinahe tausend Jinern keine Raumschiffe mehr und die Separatisten hatten sie mit ihrem Genozid beinahe vollständig ausgelöscht. Selbst wenn die Ix irgendwoher ein tausende Jinern altes Raumschiff bekommen hätten, sie würden nicht gegen die Anhänger des Zentralkommandos vorgehen.

Und sie hätten keine zwölfbeinigen Angehörigen ihrer Spezies dabei.

Die zwölf Beine der einfallenden Angreifer waren das erste, was dem Xenobiologen und Chemiker aufgefallen war. Er hatte sie bisher nur auf Bildern und anderen Aufzeichnungen aus dem großen Krieg gesehen. Soweit er wusste, waren sämtliche zwölfbeinigen Ix Teil des Militärs gewesen – und damit im Uilopis System, als sie die Ix in die interdimensionale Spalte verbannt hatten. Die wenigen Angehörigen des Militärs, die nicht Teil der Flotte, sondern planetarer Garnisonen gewesen waren, waren von den Setzät gejagt und getötet worden. Zurückgeblieben waren einzig und allein zehnbeinige Zivilisten.

Da die Ix eine andere, für Setzät giftige, Atmosphäre atmeten, hatte er sich auch noch ein Atemgerät aus den Vorräten des Militärs gegriffen.

Als er mit seinen Sicherungen endlich soweit war, konnte er sich auf den Weg machen. Vorsichtig schlich er sich durch die Gänge der Basis vorbei an den Wegen, die die Ix nahmen. Das gestaltete sich als einfacher, als er gedacht hatte. Die Kampfgeräusche und Schmerzensschreie zeigten ihm deutlich, wo sich die Angreifer befanden.

Dass er den Tod seiner Freunde und Kollegen dazu nutzte, um sich selbst unbeschadet bewegen zu können, machte ihm zu schaffen, aber es war die einzige Chance, die er hatte. Wenn die Ix zurückgekehrt waren, dann war das oberste Ziel, mehr über sie herauszufinden. Es war seit dem ersten Auftauchen der Aliens in ihrer Galaxis die wichtigste Regel, die jedem Setzät eingebläut wurde.

Die Ix waren eine Gefahr für ihre Spezies, für die gesamte Galaxis. Sie mussten gestoppt werden, um jeden Preis. Das lag zwar weit außerhalb seiner Möglichkeiten, aber er konnte zumindest Informationen sammeln. Dafür musste er allerdings an Bord des Raumschiffes im Orbit kommen.

Herasu'oli badete förmlich im roten Blut ihrer Feinde. In dem Moment, in dem sie realisiert hatte, dass sie gegen Setzät kämpfte, hatte sich ein Blutdurst in ihr ausgebreitet, mit dem sie nie gerechnet hätte. Sie kannte die Spezies von den Hirachosa, die noch immer in ihnen wohnten. Damit gerechnet, jemals einen zu treffen, der ihren Spionen nicht als Wirt diente, hatte sie jedoch nicht.

Sie hielt eines der schleimigen Wesen mit einer ihrer Hände vor sich in der Luft, während zwei ihrer anderen Hände mit der aktivierten Energielanze über die äußere Schleimschicht des Wesens brannten. Mit der Vierten wehrte sie die immer neuen Greifarme ab, die das Wesen aus dem nicht verbrannten Schleim seines Körpers zu formen versuchte.

Die Schmerzensschreie des Setzät wurden von Sekunde zu Sekunde lauter. Am liebsten hätte sie ihren Helm abgenommen, um den Geruch des verbrannten Schleims in sich aufzunehmen und die Schreie ungefiltert zu hören, aber sie konnte es nicht riskieren, die giftige Atmosphäre einzuatmen.

Wir werden ein paar am Leben lassen müssen, um sie an Bord der Olus'ert zu verhören.

Der Gedanke gefiel ihr nicht, weil er bedeutete, dass sie weniger Blut vergießen konnte, aber das machte ihn nicht weniger richtig. Sie brauchten Informationen, dringend.

Nicht nur, was diese Basis anging. Sie hatten Jahrtausende außerhalb dieser Galaxis – dieser Dimension – verbracht. Es wäre töricht gewesen anzunehmen, dass sie alles wussten, was sie wissen mussten. Herasu'oli war sich nicht mal sicher, dass die antiken Sternenkarten in den Computern ihres Schiffes noch immer korrekt waren. Sterne wanderten über die Jahrtausende und sie wollte nicht riskieren, nach einem Hyperraumflug plötzlich im Gravitationsbereich eines Solchen herauszukommen.

Sie hatte genug von dem kläglichen Wesen in ihrem Griff und schleuderte den Setzät quer durch den Raum gegen eine Wand. Bevor der sich wieder aufrichten konnte, war sie auf ihren zwölf Beinen zu ihm herübergerannt und rammte ihm die Energielanze durch den schleimigen Körper.

Ist das alles, was wir an Widerstand erwarten können? Die großen Setzät, die uns vor fünftausend Jahren in die interdimensionale Spalte verbannten … Ich hätte mehr von ihnen erwartet.

Als sie weiter in die Basis vordrang kam sie an einem verlassenen Labor vorbei, das sie beinahe ignoriert hatte. Doch dann fiel ihr Blick auf ein hässliches, rosa Wesen, das in einer Glaskammer eingesperrt war und sich langsam vom Boden aufrichtete. Sie wusste nicht, ob diese Wesen sich generell so langsam und träge bewegten, oder ob die Setzät etwas mit ihm angestellt hatten, aber es interessierte sie nicht.

Interessanter war die Tatsache, dass das Wesen in einer Kammer eingesperrt war. Sie holte mit ihrer Energielanze aus, um das Glas zu zerstören, hielt dann aber plötzlich inne. Hatten die schleimigen Aliens einen Grund, dieses Wesen einzusperren? War es womöglich ein Experiment, das sie für sich nutzen konnte?

Sie entschied sich, es am Leben zu lassen und einen ihrer späteren Gefangenen danach zu fragen.

Als sie sich umdrehte, bemerkte sie nicht, wie das Wesen bei ihrem Anblick schockiert einen Schritt zurückwich und dann das Bewusstsein verlor. Der Anblick hätte ihre Meinung dazu, ob sie es am Leben lassen sollte oder nicht, schlagartig geändert und das Virus in der Basis verbreitet.

Stattdessen drang sie tiefer in die Basis vor. Sie hatte bisher sechs Setzät getötet und führte damit die Liste an, die sie und ihre Krieger pausenlos über das neurale Netzwerk miteinander abglichen. Ihjrea'uje war ihr mit fünf jedoch dicht auf den Fersen und sie konnte nicht zulassen, dass er sie überholte.

Sie wollte die Ix in eine neue, gloriose Zeit zur Herrschaft über die Galaxis führen. Wenn sie sich jedoch die Blöße gab, bereits bei ihrem ersten Kampfeinsatz nicht die Beste zu sein, dann würde ihr Herrschaftsanspruch schneller in sich zusammenfallen, als ihr lieb war. Die Ix belohnten Stärke über allem Anderen.

Darum hoffte sie, dass die zweite Basis, die sich auf dem Planeten fand, echten Widerstand bot. Die wehr- und wertlosen Setzät, die sich hier befanden, waren keine Herausforderung für eine echte Kriegerin.

Farmschiff *Olus'ert* – Im Orbit von Rizos IV

Forsa'itis Wunden waren schwerer, als er gedacht hatte. Sein Panzer war nicht nur gebrochen, an seinem Rücken fehlte sogar ein beinahe kreisrundes Stück von mehreren Zentimetern Durchmesser. Herasu'olis sinnloser Angriff würde ihn auf ewig zeichnen.

Ferui'ilo, die Medizinerin der Olus'ert, war dabei, die Wunde von innen zu säubern und verursachte dadurch immer wieder Schmerzen, die durch seinen gesamten Körper jagten. Als Nichtmilitärisches Schiff hatten sie keine Schmerzmittel an Bord gehabt, als sie aus der interdimensionalen Spalte gerissen worden waren.

Die wenigen Schmerzmittel, die es auf der Flotte überhaupt gab und die sie nur unter großem Aufwand herstellen konnten, waren den höherrangigen Offizieren und dem Rat der Überlebenden vorbehalten. Niemand würde sie an ein ziviles Schiff »verschwenden«.

»Reiß dich zusammen!«, fauchte sie ihn an – nicht zum ersten Mal. »Sei froh, dass du überhaupt noch lebst. Herasu'oli hätte dir noch weit Schlimmeres antun können.«

Damit hatte sie Recht. Als Mitglied der höheren Kaste und Kommandeurin des Schiffes war es ihr gutes Recht, Mitglieder der niederen Kaste nach eigenem Gutdünken hinzurichten.

»Ohne mich kann sie die Farmanlagen vergessen. Ich bin der einzige auf dem Schiff, der weiß wie sie funktionieren und sie im Fall der Fälle reparieren kann«, hielt er dagegen.

Davon ließ die Medizinerin sich aber nicht beeindrucken: »Falls du es nicht bemerkt hast, wir sind im Orbit über einem Planeten. Einem Planeten. Mit eigenem Farmland, auf dem wir anbauen können.«

»Einem giftigen Planeten, dessen Atmosphäre uns umbringt«, so viel hatte er mitbekommen, als Herasu'oli Schutzanzüge für ihr Einsatzteam besorgt hatte.

»Und?«, sie schien immer noch nicht beeindruckt. »Meinst du, das ist der einzige Planet, den es in dieser Galaxis gibt?«

Daran hatte er nicht gedacht. Natürlich! Bei der Gottheit, es war eine ganze Galaxis. Es gab sicher mehr als einen Planeten. Hunderte mehr. Oder sogar tausende.

Es war ein Konzept, das Zeit brauchte, bis sein Kopf es vollständig umsetzte. Die intergalaktische Spalte war nichts weiter als eine große Leere gewesen. Seit Jahrtausenden hatte ihr Volk keine Planeten, keine Sonnen und auch sonst nichts gesehen, außer ihren eigenen Raumschiffen. Ein einzelner Planet war ihm bereits als großes Wunder erschienen. Eine ganze Galaxis, voll von ihnen…

Mit einem Mal regte sich in ihm der unbändige Wunsch, selbst seine zehn Beine auf einen solchen Planeten zu stellen.

Mit etwas Glück stirbt Herasu'oli auf der Oberfläche und wir sind sie los.

Schockiert drehte er seinen Kopf in Richtung von Ferui'ilo, die gerade dabei war, die Wunde abzudecken, um sie vor Infektionen zu schützen. Hatte sie seine Gedanken gehört?

Natürlich nicht. Ich bin nicht Teil des neuralen Netzwerks.

Dennoch hatte er Angst, dass jemand seine Gedanken lesen konnte. Wenn solche verräterischen Gedanken publik wurden, dann wäre ein fehlendes Stück seines Panzers noch das geringste Problem. Die Kapitänin würde ihn auf der Stelle hinrichten. Das gleiche galt für jeden anderen Ix auf dem Schiff.

Oder?

Fähre *Masde'olr* auf Rizos IV

Ruchta hatte sich langsam an die Fähre herangeschlichen, mit der die Ix auf dem Planeten gelandet waren. Von außen wirkte sie antik. Er hatte alte Bilder der Schiffe der Ix aus dem großen Krieg gesehen.

Der kleine Transporter vor ihm, sah genauso aus, wie die Schiffe ihrer Feinde es damals taten. Lediglich ramponierter und nicht mehr nagelneu.

Der Anblick des alten Schiffes bestärkte die Vermutung, die er gehabt hatte, als er das größere Raumschiff im Orbit gesehen hatte. Die Ix mussten aus der interdimensionalen Spalte entkommen sein. Es gab gar keine andere Möglichkeit.

Die Frage war jedoch: Wie?

Wenn ich das herausfinden will, muss ich an Bord der Fähre kommen.

Das war jedoch alles andere als einfach. Wenn er erstmal an Bord war, dann konnte er seinen Schleim die Farben der Umgebung annehmen lassen und sich so verstecken. Das funktionierte aber nicht, wenn er sich bewegte. Er beobachtete die Fähre von seiner Position hinter einem der wenigen Bäume des Feldes aus.

Seinen Schleim hatte er an den Baum angepasst und versteckte sich auf die Art. Das half ihm aber nicht, um an dem zehnbeinigen Ix vorbeizukommen, der um das Schiff herumlief. Ruchta war sich nicht sicher, ob der Wache schob oder sich lediglich langweilte, während er auf die Rückkehr seiner Artgenossen wartete. Es war ihm aber auch relativ egal.

Egal was von beidem der Fall war, ein über die Wiese eilender Setzät würde dem Ix nicht entgehen.

Vielleicht kann ich ihn töten?

Für einen Moment, zog er das in Betracht.

Nein, wenn sie wiederkommen und der Ix tot ist, werden sie das Schiff und die Umgebung nach seinem Mörder absuchen. Gegen eine ernsthafte Suche hilft mir auch die Tarnfähigkeit nicht. So gut bin ich nicht.

Er hatte Geschichten von Suchern gehört, die selbst einer intensiven Suche und einem wissenden Blick entgehen konnte, hatte jedoch Schwierigkeiten, das zu glauben. Er selbst war bereits eine Anomalie, mit der Fähigkeit, mehr als zwei oder drei Farben und sogar Muster mit seinem Schleim nachbilden zu können. Es kostete ihn jedoch einiges an Kraft und Konzentration.

Die Hirachosa – *Vorausgesetzt, es gab sie wirklich. Ich halte sie immer noch eher für einen Mythos.* – hatten diese Fähigkeit in den Setzät, die sie übernahmen, angeblich noch viel weiter ausgebaut. Weiter noch als die Sucher es angeblich konnten. Wenn es nach Filmen und Büchern ging, die in der Zeit des großen Krieges spielten, konnte ein Hirachosa in einem Setzät seine Form komplett verändern, sich unsichtbar machen und ganze Planeten mit seinem Schleim einhüllen und so vernichten. Letzteres hatte er jedoch nur in besonders billigen Produktionen gesehen.

Dennoch bereitete der Gedanke ihm weitere Sorgen. Was, wenn er Opfer eines Hirachosa wurde?

Hör auf damit! Überleg dir lieber einen Weg auf die Fähre, schimpfte er sich selbst.

Er beobachtete den Ix weiter, der immer langsamer zu werden schien, während er um das Schiff herumging. Ruchta vermutete, dass er müde wurde.

Das war seine Chance! Wenn der Ix unaufmerksam war und langsamer wurde, dann hatte er genug Zeit, um durch das Gras zu robben und zu warten, während der Alien sich auf dieser Seite des Schiffes befand. Es würde ein langwieriger Prozess werden, aber es war die einzige Möglichkeit, die er sah.

Als der Ix ihm wieder den Rücken zudrehte und sich auf seinen Weg zur anderen Seite der Fähre machte, senkte Ruchta sich ins Gras nieder und begann damit vorwärts zu robben.

Zwei Stunden später hatte er die Fähre erreicht und schob sich in eine Ecke zwischen der Tür zur Pilotenkabine und dem Laderaum. Hier würde er auf die Rückkehr der Ix warten und darauf, dass sie ihn mit auf ihr Raumschiff im Orbit nahmen.

Das Atemgerät in seinem Mund war gut verborgen, Sorge bereitete ihm eher, dass er nicht wusste, wie lange es funktionieren würde. Wenn die Energievorräte erschöpft waren, bevor er eine Möglichkeit fand, um es wieder aufzuladen oder das Schiff im Orbit zu verlassen, dann würde er sterben. Ohne etwas erreicht zu haben.

Sein Fluchtplan baute darauf, dass die Ix ihre Fähre unbewacht lassen würden sobald sie wieder auf ihr Schiff zurückgekehrt waren.

Warum sollten sie schließlich eine Wache abstellen? Außer ihnen befindet sich niemand an Bord – zumindest soweit sie wissen. Ich hätte ein Kommunikationsgerät mitnehmen sollen. Dann könnte ich wenigstens mit dem Boden Kontakt aufnehmen, wenn ich es nicht wieder zurück schaffe.

Kapitel 5

30. August 242
Setzät Basis Alpha – Rizos IV

Juas starrte das Bild des noch immer nicht identifizierten Huasne'uri im Orbit des Planeten an. Es war über Basis Beta in Position gegangen und bewegte sich nicht. Seit sieben Zyklen hing das Schiff nun dort. Noch ein einziger Zyklus und das Oktat wäre voll.

Er wusste nicht, wie lange er seine eigenen Soldaten noch davon abhalten konnte, eine Fähre zu nehmen und zu versuchen das Huasne'uri zu entern. Einige von ihnen hatten bereits Intentionen geäußert, genau das zu tun.

Keiner von ihnen traute sich jedoch, seine Bedenken und Pläne vor dem Sucher zu äußern.

Sie haben zu viel Angst vor mir. Wenn ich die Basis nicht mit Mikrofonen überwachen würde, hätte ich nichts davon gewusst.

An sich war der Plan nicht so schlecht, das Problem war jedoch, dass sie nicht wussten, wie viele Ix sich an Bord des feindlichen Schiffes befanden. Sie hatten zu wenige Soldaten, um sie in einem sinnlosen Enterkommando zu verheizen.

Ich müsste nur irgendjemanden an Bord bekommen und das Schiff erkunden ... aber wen? Und wie?

Einen Freiwilligen zu finden wäre dabei nur das erste von vielen Problemen, die sich ihnen in den Weg stellten. Da es bereits Bewegungen in dieser Richtung gab, war es sogar das kleinste seiner Probleme. Nahrung, eine verdeckte Kommunikation und die Frage, wie sich jemand auf einem unbekannten Schiff unentdeckt bewegen können sollte, waren weitaus schwieriger zu lösen. Soweit er wusste, konnte keiner der hier stationierten Soldaten mit seiner Umgebung verschmelzen.

Das ließ lediglich ihn selbst – er war allerdings nicht gewillt seinen Posten zu räumen und auf das Schiff zu gehen. Er wurde gebraucht, um die Forschung zu schützen, die sie hier betrieben.

Bevor er sich den Problemen innerhalb seiner eigenen Reihen annehmen konnte, musste er jedoch herausfinden, was die Ix planten. Warum bewegten sie ihr Schiff nicht von seiner Station im Orbit weg? Was wollten sie damit erreichen, dass sie Basis Alpha in Ruhe ließen?

Oder wissen sie nicht, dass wir uns hier befinden? Der Gedanke war ermutigend. Es würde seine Arbeit erheblich erleichtern. Davon konnte er sich jedoch nicht einlullen lassen. *Ich muss wachsam bleiben, sonst überrennen sie uns, wenn ich nicht aufpasse. Wir dürfen Basis Alpha nicht an die Ix verlieren. Die Zukunft sämtlicher Setzät hängt davon ab. Nunja, vielleicht muss ich auch nicht alle Setzät beschützen. Wenn es nach mir ginge, können die Separatisten ruhig verrecken.*

Diese Chance war allerdings schon lange vertan, dessen war er sich bewusst. Genauso wusste er, dass sie viel zu wenige waren, um den Erhalt ihrer Spezies ohne die Separatisten zu sichern. Dennoch ... der Gedanke einer Galaxis ohne sie stimmte ihn positiv.

Ein Problem nach dem Anderen. Zuerst müssen die Ix beseitigt werden, dann kann ich mich mit den Separatisten befassen.

Die Rückkehr der Ix hatte jedoch auch etwas für sich. Er war dafür ausgebildet worden gegen sie und ihre Hirachosa vorzugehen, hatte jedoch immer davon ausgehen müssen, seine Fähigkeiten niemals einsetzen zu können. Diese Gelegenheit würde sich ihm nun bieten. Als erster Sucher in hunderten von Jinern dürfte er sich mit ihrem uralten Feind messen.

Und ich werde siegreich sein!

Farmschiff *Olus'ert* – Im Orbit von Rizos IV

Forsa'iti betrachtete die kleine Gruppe von Ix, die sich unter der künstlichen Sonne der Farm versammelt hatte. Keiner der sieben hatte zwölf Beine. Sie alle gehörten der niederen Kaste an – und dennoch war es eine Zahl, mit der er niemals gerechnet hatte. Sieben Ix, neben ihm, waren gewillt sich mit den Kriegern an Bord der *Olus'ert* zu messen und die Kontrolle an sich zu reißen.

Sieben!

Als er die erste von ihnen angesprochen hatte, war er fest davon ausgegangen, dass sein Leben verwirkt sei. Er hatte Ferui'ilo gefragt, noch während sie dabei gewesen war seine Wunden zu versorgen. Zuerst hatte sie ihn schockiert angesehen und ihre Tentakel hatten mit einem Mal in alle Richtungen von ihrem Kopf abgestanden und wild gezittert.

Er hatte nicht verstanden, was sie beruhigt und ihr den Mut gegeben hatte sich ihm anzuschließen, aber sie hatte es ihm später verraten: Es war der Ausdruck absoluter Zuversicht und Siegesgewissheit gewesen, den seine fest von sich gestreckten Tentakel ausgestrahlt hatten. Er hatte vor ihr gesessen, mit gebrochenem Panzer, und hatte ihr das Gefühl gegeben, dass sie gewinnen konnten.

Sein Problem war jedoch, dass er nicht wusste wie. Das würde er ihr allerdings niemals sagen. Stattdessen hatten sie nach und nach weitere Ix rekrutiert. Bis auf einen hatten ihnen alle zugesagt – und den einen hatten sie kurzerhand beseitigt. Ferui'ilo hatte ihm eine schmale Klinge durch eine Lücke im Panzer unter der Achsel direkt ins Herz gestoßen, bevor Forsa'iti wusste, was geschehen war.

Er hatte sie gefragt, wie sie das so einfach tun konnte. Statt seine Abscheu, die er über ihr leichtfertiges Töten von Drui'ilo, der immerhin ihrer eigenen Familie angehörte, zu bemerken, hatte sie die Frage offenbar so aufgefasst, dass er wissen wollte, wie sie durch den Chitinpanzer gekommen war.

»Jahrzehnte medizinischer Erfahrung«, war ihre Antwort gewesen. »So wie ich weiß wie ich ein Leben retten kann, weiß ich auch wie ich es nehmen kann.«

Es war eine schockierende Erkenntnis gewesen, dass die Medizinerin so einfach töten konnte.

Sie hatten die Leiche aus einer Luftschleuse gestoßen und die wenigen Tropfen Blut aufgewischt, die aus der Wunde ausgetreten waren. Ferui'ilo hatte genau gewusst, wo sie mit der Klinge treffen musste, um so wenige Spuren wie möglich zu hinterlassen.

Was, wenn sie entscheidet, dass ich ihr im Weg bin?

Es war ein Gedanke der ihm Sorgen bereitete. Wenn der Plan nicht funktionierte wie die Medizinerin sich das vorstellte, würde sie ihn dafür verantwortlich machen? Was würde geschehen, wenn sie herausfand, dass er nicht wirklich wusste, wie sie weiter vorgehen sollten?

Er riss sich aus seinen Gedanken und sah jeden der sieben Ix einzeln an, die ihre Tentakel daraufhin ordneten und nach hinten legten, um ihm zuzuhören.

»Freunde«, begann er und hatte das Gefühl, dass er abgedroschen klang, »wir sind Zeugen eines Wunders geworden. Die Olus'ert wurde aus der interdimensionalen Spalte zurück in eine echte Galaxie befördert. Einer Galaxie mit hunderten oder gar tausenden von Planeten. Einer Galaxie, in der wir unser eigenes Schicksal bestimmen können. Einer Galaxie, in der wir uns aus den Fängen der Kriegerkaste befreien können.«

Der letzte Satz wurde mit einem lauten Stampfen bejubelt, als alle sieben mit ihren Vorderbeinen auf den Boden trommelten.

»Geht nun zurück in eure Kabinen und an eure Arbeit und verhaltet euch still«, er machte eine Pause, um seine nächsten Worte wirken zu lassen. »Verhaltet euch still, bis wir uns aus Jahrtausenden der Unterdrückung befreien.«

Das Stampfen das folgte, war deutlich lauter als das vorherige und er war kurz davor sie zur Ruhe anzuhalten, als es zu verebben begann. Einer nach dem anderen verließen sie die Farm, bis Forsa'iti allein zurückblieb.

»Du hast keine Ahnung wie du das anstellen willst.«

Die seltsame Stimme war hinter seinem Rücken erklungen und er schnellte herum, seine vier Arme erhoben, um einen Angriff abzuwehren – aber niemand war da.

Habe ich Wahnvorstellungen?

»Ich kann dir helfen.«

Diesmal kam die Stimme von der Seite und er schnellte erneut in die Richtung – konnte aber wieder niemanden sehen. Dennoch war er sich sicher, dass er sich die Stimme nicht eingebildet hatte.

»Wo steckst du?«, fragte er in den Raum, ohne wirklich auf eine Antwort zu hoffen.

»Nirgends – und überall.«

Hinter ihm diesmal, aber er verzichtete darauf, sich herumzudrehen. Er würde so oder so niemanden vorfinden und er wollte sich nicht weiter auf die Spielchen des Fremden einlassen.

»Ich kann Herasu'oli für dich beseitigen.«

Die Reaktion auf sein Angebot überraschte Ruchta – der noch immer verwundert darüber war, dass die Sprache der Ix sich in über eintausend Jinern kaum weiterentwickelt hatte, aber immerhin konnte er so mit ihnen kommunizieren. Er war davon ausgegangen, dass Forsa'iti sein Angebot sofort annehmen würde, aber stattdessen lehnte er ab.

»Kommt nicht in Frage. Ich weiß nicht mal, wer du bist. Du verbirgst dich vor mir und machst mir Angebote. Aber woher weiß ich, dass du mich nicht bei erster Gelegenheit verraten wirst oder für die Kriegerkaste arbeitest?«

Es dauerte mehrere Uihern bis Ruchta wusste, was er darauf antworten sollte.

»Wenn ich dich verraten wollen würde, wärst du längst tot. So tot wie Drui'ilo.«

Nun drehte der Ix sich doch wieder ruckartig in seine Richtung herum. Der Anblick des zehnbeinigen Aliens, wenn er das tat, war etwas, das Ruchta sich zuvor schwer hatte vorstellen können. Die Beine arbeiteten in einer Geschwindigkeit und Präzision, die seiner eigenen Spezies fehlte. Die Vorder- und Hinterbeine tauschten ihre Positionen und kamen jeweils auf exakt derselben Stelle zum Stehen, auf der zuvor ihr Gegenstück gestanden hatte.

Und das ist nur ein zehnbeiniges Exemplar. Wie kann ich da versprechen eine ihrer Kriegerinnen zu töten?

Langsam ließ er seine Schleimhülle wieder ihre normale dunkelblaue Tönung annehmen und zeigte sich dem Ix, der mit einem Mal einen Satz zurück machte.

Das Wesen, das sich vor Forsa'iti zu materialisieren schien erschreckte ihn. Er hatte nicht gewusst, dass sie einen Hirachosa an Bord hatten. Was bezweckte ihr Spion damit ihm ein solches Angebot zu machen.

»Du bist kein Hirachosa!«, die Erkenntnis traf ihn wie ein Schlag und er konnte sich nicht zurückhalten, sie auszusprechen.

»Nein, bin ich nicht. Ich bin mir sogar sicher, dass sich kein einziges dieser Wesen an Bord der Olus'ert befindet.«

»Dann ...« *Unmöglich. Wie kann sich ein Setzät an Bord unseres Schiffes befinden?*

Aber er hatte gesehen, dass es sein konnte.

»Du bist mit Herasu'oli und ihren Truppen an Bord gekommen.«

»Ja.«

»Warum hast du sie nicht gleich da getötet?«, sofort nachdem er die Frage ausgesprochen hatte, erkannte er wie töricht sie gewesen war.

Herasu'oli war mit mehreren Kriegern zusammen auf dem Planeten gelandet. Selbst wenn er annahm, dass der Setzät auf einem derart eng gepackten Schiff eine Gelegenheit bekommen hätte, die Kapitänin zu töten, er wäre genauso gestorben.

Vielleicht hätte er mehrere der anderen Krieger mitgenommen, aber einer von ihnen hätte ihn schließlich getötet.

Wie um die Dummheit der Frage zu unterstreichen, verzichtete der Setzät auf eine Antwort und wurde stattdessen langsam wieder unsichtbar.

»Du wirst von mir hören.«

Forsa'iti konnte nicht sehen wie oder ob der Alien sich entfernte, aber das musste er auch nicht. Er würde nie wieder annehmen, dass er vollkommen alleine war.

Herasu'oli beobachtete wie die beiden Hirachosa, die sich zufällig an Bord befunden hatten, in die Fähre stiegen und diese dann vom Hangarboden abhob und den Planeten unter ihnen ansteuerte. Sie hatten mehrere Tage Vorbereitung gebraucht, um die beiden auf die aktuelle Situation am Boden vorzubereiten.

In ihrem Blutdurst hatte sie keinen einzigen Setzät in der Basis am Leben gelassen. Eine Torheit, die sie nun bereute. Ja, die beiden Hirachosa befanden sich in den Körpern von Setzät, aber in Körpern, die keiner der anderen Aliens am Boden kannte. Sie würden sich niemals unerkannt in der zweiten Basis bewegen können.

Das bedeutete, dass sie es irgendwie schaffen mussten, eine Gruppe von Setzät aus der Anlage zu locken und deren Körper zu übernehmen. Das war es, was sie so lange aufgehalten hatte. Sie hatten Kommunikationsgeräte ihrer Feinde studiert, in ihren Computern Unterlagen durchforstet, um Informationen zu Notrufen zu bekommen und dafür gesorgt, dass die beiden vortäuschen konnten von der Basis entkommen zu sein und sich irgendwo verlaufen zu haben.

Mit etwas Glück würde es reichen, um die herbeieilenden Helfer zu infiltrieren, bevor sie realisierten, dass es sich bei den beiden »Überlebenden« um feindliche Spione handelte.

Und selbst wenn nicht, dann habe ich nur ein Paar wertloser Hirachosa eingebüßt. Dann werde ich die Basis ohne ihre Hilfe überrennen und unterwerfen.

Bis dahin war aber noch Zeit. Zeit, die sie dafür brauchen würde, ihre Soldaten weiter zu trainieren. Der Angriff auf die Basis, die sie mittlerweile als Basis Beta identifiziert hatten, war erfolgreich verlaufen – aber er hätte besser laufen können. Sie musste sich jedoch eingestehen, dass das für sie selbst genauso galt, wie für ihre Untergebenen. Sie selbst hätte mehr Setzät töten müssen. Hätte sie zu dem Zeitpunkt gewusst, dass sich Hirachosa an Bord der *Olus'ert* befanden, dann hätte sie vielleicht die nötige Zurückhaltung besessen.

Womöglich müssten ihre Spione dann nicht in unbekannten Körpern auf die Planetenoberfläche.

Dass sie während ihres Angriffs sogar daran gedacht hatte, dass sie einige der Aliens zum Verhören brauchte, machte es nur noch schlimmer. Sie war dem Blutrausch verfallen und sämtliches Denken hatte ausgesetzt. Sämtliche ihrer Pläne waren egal geworden, nur damit sie töten konnte. Bei dem Gedanken an das rote Blut der widerlichen Wesen, dass sich vor ihr auf dem Boden und auf ihrem Schutzanzug verteilt hatte, machte sich der Blutrausch wieder bemerkbar und sie musste sich zurückhalten, ihre vier Fäuste nicht gegen die Schiffswand zu hämmern, nur um auf irgendetwas einzuprügeln.

Das darf nicht wieder passieren. Wenn ich diese Galaxis beherrschen will, dann muss ich zuallererst mich selbst beherrschen.

Ihr fiel nur ein einziger Weg ein, wie sie das bewerkstelligen konnte. Dazu würde sie Forsa'iti benötigen. Wenn sie es schaffte, sich mit der Missgeburt einer qualmenden Brutkammer abzugeben ohne ihn zu töten, dann würde sie es auch schaffen, einen Setzät am Leben zu lassen.

Und wenn nicht, dann ist es auch kein großer Verlust.

Das einzig Wichtige war, dass der Farmer dazu noch leben musste. Nach ihrer letzten Konfrontation hatte sie sich nicht darum geschert, ob das der Fall war. Das würde sie nun nachholen müssen. Ferui'ilo würde es ihr sagen können.

Die Medizinerin war auch nichts weiter als eine zehnbeinige Missgeburt, aber die einzige an Bord, die ihre Truppen würde behandeln können, wenn sie Verletzungen erlitten. An ihr zu trainieren wäre keine gute Idee.

Sie würde jedoch einen ihrer Krieger abstellen, um sich von der Medizinerin ausbilden zu lassen und diese wichtige Rolle damit in die Hände eines wahren Ix übergeben können.

Setzät Basis Alpha – Rizos IV

Juas warf einen beiläufigen Blick auf die Anzeigen der Hirachosascanner, die er nach der Ankunft der Ix wieder auf ihre frühere Funktion umgestellt hatte. Sie zeigten keinerlei Aktivitäten.

Zu seiner Verärgerung konnte er sie nicht mehr nutzen, um den Verräter zu finden, aber er hatte keine Wahl gehabt. Mit den Ix im Orbit wäre es Wahnsinn, die Scanner nicht wieder für ihren eigentlichen Zweck einzusetzen. Seine eigenen Ermittlungen hatten auch keine Ergebnisse zu Tage gefördert.

Womöglich war der Verräter in Basis Beta, als die Ix sie überrannt haben. Dann wäre mein Problem gelöst.

Der Gedanke gefiel ihm, darauf verlassen wollte er sich jedoch nicht. Zu groß war die Gefahr, dass die Separatisten sich ihre derzeitige Situation zu Nutze machen würden.

Haben sie das Experiment womöglich manipuliert, um die Ix aus der Spalte zu reißen? Wusste der Verräter, was passieren würde?

Wenn ja, dann schwebten sie alle in noch weitaus größerer Gefahr, als er bislang angenommen hatte. Es konnte bedeuten, dass weitere Ix zurück in die Galaxis gebracht werden würden.

Und wie viele von ihnen leben noch immer in der Spalte? Niemand hätte gedacht, dass nach über eintausend Jinern überhaupt noch Überlebende in Spalte existieren würden. Wir dachten, sie wären längst alle tot. Verhungert, verdurstet oder in internen Konflikten gestorben.

Ich muss den Verräter finden und verhindern, dass er seine Informationen an die Anführer der Separatisten weitergibt, um jeden Preis.

Er war sich sicher, dass bislang niemand eine Nachricht gesendet hatte. Die Kontrolle über die Kommunikationseinrichtungen beider Basen an sich zu nehmen, war einer der ersten Schritte, die er nach seiner Ankunft unternommen hatte. Niemand würde die Kommunikationseinrichtung in Basis Alpha ohne seine Erlaubnis nutzen und selbst, wenn der Verräter eine eigene Anlage besaß, würde er Probleme haben, das Störsignal zu durchbrechen, dass Juas von Basis Alpha ausstrahlte.

Seinen Truppen gegenüber hatte er gesagt, dass er damit die Ix daran hindern wollte, von ihrem Schiff aus mit eventuellen Bodentruppen zu kommunizieren, aber das war nur die halbe Wahrheit gewesen. Wenn er ehrlich mit sich war, dann war er sich nicht mal sicher, ob sie die Ix überhaupt stören konnten. Selbst im großen Krieg war es den Setzät unmöglich gewesen, das neurale Netzwerk ihrer Feinde zu durchdringen. Es gab nichts, was ihn glauben ließ, dass ausgerechnet er es konnte.

Zwei Zisen später, er studierte schon wieder die Hirachosascanner, kam Guhasdnasderasderu in seine Kommandozentrale.

»Sucher!«, begrüßte sie ihn und ließ mehrere dicke Schleimwülste an ihren Seiten auf und ab laufen – ein Zeichen des Respekts.

»Guhasdnasderasderu, was kann ich für dich tun?«, er selbst verzichtete auf jede Form der Respektsbekundung. Als Sucher stand er über den Wissenschaftlern dieser Basis. Nur das Zentralkommando stand noch über den Suchern.

»Einige meiner Forscher fragen sich, ob wir unsere Arbeit fortsetzen dürfen. Wir wollen herausfinden, was schiefgelaufen ist. Wie wir die Ix befreien konnten.«

Juas ließ sich mit der Antwort Zeit. Er hatte den Wissenschaftlern verboten, weiterzuarbeiten und das Labor abgesperrt. Er muste verhindern, dass sie weitere Ix aus der interdimensionalen Spalte rissen. Es ihnen nun zu erlauben stand nicht zur Debatte.

»Unter keinen Umständen!«

»Sucher, bitte, hört mich an.«

Als er nicht antwortete setzte sie fort: »Ich verstehe Eure Sorgen. Wir wollen ebenfalls nicht riskieren, dass wir weitere Ix aus der Spalte reißen. Um herausfinden zu können, was vorgefallen ist, müssen wir jedoch zurück in unser Labor.«

»Du und dein Team haben uns die Ix gebracht. *Das* ist vorgefallen.«

»Daran besteht kein Zweifel«, die Ruhe mit der die Forscherin dies eingestand überraschte ihn. »Aber wenn wir wissen, *was genau* passiert ist, dann können wir die Ix womöglich zurück in die Spalte schicken.«

»Nein!«, donnerte er die Forscherin an. »Du willst eine neue Spalte öffnen? Was garantiert dir, dass du den Fehler vom letzten Mal nicht wiederholst und noch mehr Ix zum Vorschein kommen?«

»Wir werden genaue Berechnungen anstellen und ...«

Weiter kam sie nicht, bevor er einen langen und dicken Greifarm bildete und diesen der Forscherin in ihr Gesicht rammte. Er wusste nicht, ob es die Geschwindigkeit, mit der der Sucher den Arm gebildet und den Schleim wieder in seinen Körper integriert hatte oder der Schmerz war, der seine Gegenüber ihn eine Horis lang anstarren ließ, aber es war ihm egal. Wichtig war, dass sie wusste, was ihr blühen würde, wenn sie es wagen sollte sich ihm zu widersetzen.

»Ich erlaube dir und deinem Team Zugang zu eurem Labor. Findet heraus, was vorgefallen ist. Aber, wenn ihr auch nur versucht, die Geräte in Betrieb zu nehmen, wird keiner von euch überleben.«

Der Schutz der Galaxis vor den Ix hatte oberste Priorität. Wenn das bedeutete, dass er einige der brillantesten Wissenschaftler ihrer Generation opfern musste, dann würde er es tun. Er hatte es bereits mit Basis Beta getan. Guhasdnasderasderus Gesichtsausdruck verriet ihm, dass sie verstand.

Die Entscheidung war ihm nicht leicht gefallen, aber sie hatte Recht. Sie mussten herausfinden, was geschehen war.

Farmschiff *Olus'ert* – Im Orbit von Rizos IV

Ruchta bewegte sich langsam durch das Schiff der Ix. Er hätte sich gerne schneller bewegt, aber dann wäre die Gefahr zu groß gewesen entdeckt zu werden. Seine Tarnfähigkeit war begrenzt und wenn er gesehen wurde ging seine Überlebenschance gegen Null. Er hatte sich die letzten anderthalb Zyklen bereits von gestohlenem Getreide und trinkbar riechenden Flüssigkeiten ernährt.

Nach allem, was die Setzät im großen Krieg an Informationen über die Ix gesammelt hatten, war die Auswahl an Lebensmittel, deren Verzehr er überleben würde, eher gering. Es gab einige wenige kulinarische Überschneidungen, aber im Großen und Ganzen waren die verschiedenen Nahrungsmittel der einen Spezies tödlich für die jeweils andere. Die Tatsache, dass sie in komplett unterschiedlichen Atmosphären lebten, machte sie inkompatibel zueinander.

Eine Ausnahme, von der er sicher war, bildete das Getreide, das die Ix anbauten – auch, wenn es ihm Verdauungsprobleme bereitete – und ein oder zwei Flüssigkeiten, mit denen die Ix sich normalerweise in einen Rausch trinken würde, waren für ihn sogar gesund. Die Flüssigkeiten zu identifizieren war dagegen eher ein Glücksspiel gewesen. Er hatte sich in seiner Ausbildung zwar damit befasst, aber nie intensiv genug, um zu wissen wie die Ix sie nannten. Das Lesen der Beschriftungen war also nicht möglich gewesen. Stattdessen hatte er sie mithilfe seiner Nase identifiziert.

Wenn es nicht nach Verwesung und Tod stank, dann war es genießbar.

Nun bewegte er sich zur Waffenkammer. Diese hatte er bereits kurz nach seiner Ankunft gefunden, sich aber nicht getraut, sie zu plündern. Sie stand unter ständiger Bewachung, was seinen Enthusiasmus gebremst hatte.

Wenn er nun aber tatsächlich vorhatte die Kapitänin zu töten, dann würde er sich etwas einfallen lassen müssen, um an der Wache vorbeizukommen. Ohne Waffen würde er es niemals mit einer Ix aufnehmen können, egal wie gut er getarnt war. Ihr harter Chitinpanzer machte die Aliens nahezu unbesiegbar.

Wenn ich wenigstens wüsste, was ich tue. Ich bin auf gut Glück auf dieses Schiff gekommen. Ich habe keine Kampfausbildung, keine Erfahrung ... Ich brauche Hilfe.

Er war nur noch eine Abzweigung von der Waffenkammer entfernt, als er beschloss einen anderen Weg einzuschlagen.

Setzät Basis Alpha – Rizos IV

Geschmeidig und langsam kam Juas wieder in seine normale äußere Form zurück. Er hatte seine Schleimschicht zuvor durch hunderte Bewegungen und Formen geführt, um zu trainieren. Die Rückkehr zu sich selbst war danach immer ein Gefühl, für das er keinen Vergleich hatte. Es war totale Entspannung – die vom schrillen Lärmen der Nachrichtenkonsole jäh zerstört wurde.

Wütend und genervt knallte er einen unförmig schleimigen Auswuchs um die Querstreben der Konsole und nahm das Gespräch an.

»Was gibt es?«, blaffte er.

»Sucher Juasdasdgeastasnzda?«, die Stimme klang unsicher und befremdlich unwirklich.

Sofort wurde die Wut des Suchers durch Neugierde ersetzt.

»Ja.«

»Doktor Ruchtasfertismartusak, ich habe bis vor anderthalb Zyklen in Basis Beta an einem Gegenmittel für das Hiejsaks-Virus gearbeitet.«

»Ich weiß wer du bist, Doktor Ruchtasfertismartusak«, tatsächlich hatte er keine Ahnung gehabt wie der Wissenschaftler hieß, aber Wissen vorzuschieben würde ihn in eine bessere Machtposition setzen. »Deine Kommunikation kommt nicht von Basis Beta.«

»Nein, ich befinde mich auf dem Schiff der Ix im Orbit des Planeten.«

Die Schleimschicht um den Sucher straffte sich und nahm mit einem Mal eine ungewollte Härte an. *Unmöglich.*

Die Stille zog sich dahin und es war der Wissenschaftler, der sie brach:

»Ich habe mich an Bord geschlichen und brauche Hilfe.«

Ihr Gespräch zog sich über eine halbe Ziso, in der der Wissenschaftler erzählte, was er bislang auf dem Schiff in Erfahrung hatte bringen können. Juas hörte größtenteils zu und befahl dem Mann am Ende sich ruhig zu verhalten und vorerst nichts gegen die Kapitänin zu unternehmen. Bevor sie weitere Schritte einleiten konnten, brauchte er einen Plan. Unter keinen Umständen durfte er seine einzige Quelle auf dem Schiff des Feindes für einen chancenlosen Attentatsversuch opfern.

Erst, als sie das Gespräch längst beendet hatten wurde ihm bewusst, dass die Unterhaltung eigentlich aufgrund seines Störsignals nicht hätte möglich sein dürfen.

Kapitel 6

2. September 242
Farmschiff *Olus'ert* – Im Orbit von Rizos IV

Forsa'iti wurde immer nervöser, desto länger seine Verschwörung lief ohne ein Ergebnis zu erzielen. Statt sieben Ix folgten ihm mittlerweile neun. Neun Aufständische, die bereit gewesen waren, sich ihm anzuschließen.

Passiert war dennoch nichts. Langsam bekam er das Gefühl, dass ihm niemand mehr glaubte, dass er einen Plan hatte, der sie voranbringen würde. Er vertröstete seine Gefolgsleute immer wieder damit, dass sie noch dabei waren Kräfte zu sammeln, doch mit jedem Tag und jedem weiteren Mitglied ihrer kleinen Gruppe, stieg die Gefahr, dass sie entdeckt wurden.

Er befand sich kurz vor der Krankenstation, um Ferui'ilo nach seinen Verletzungen sehen zu lassen. Am liebsten hätte er den Kontakt zur Medizinerin komplett eingestellt, so nervös machte sie ihn, aber das ging nicht. Sie war die einzige an Bord, die seine Wunden versorgen konnte.

Hinzu kam noch, dass sich mittlerweile auch ein zwölfbeiniger Krieger auf der Krankenstation aufhielt. Zuerst hatte Forsa'iti gedacht, sie wären aufgeflogen. Er wollte sich gerade panisch herumdrehen, um von der Krankenstation zu fliehen, als er sah, dass der Krieger sich mit schlapp herunterhängenden Tentakeln offensichtlich gelangweilt weggedrehte, um ein Regal mit medizinischen Apparaturen zu studieren.

»Forsa'iti, darf ich dir meinen neuen Schüler Tres'pri vorstellen?«, hatte Ferui'ilo gesagt und ihn damit endgültig beruhigt. »Kapitänin Herasu'oli hat ihn zu mir abgestellt, damit ich ihn zu einem Mediziner ausbilde. Sie will sich auf die Invasion des Planeten vorbereiten.«

Er hatte das Gefühl, dass das nicht alles war, konnte den Grund allerdings verstehen und die Medizinerin darauf anzusprechen, während der Krieger daneben stand, war unmöglich. Als er nun den Türöffner zur Krankenstation betätigte, war sein Schock daher immens.

Statt Ferui'ilo wurde er einzig von Tres'pri begrüßt, der medizinische Instrumente in seinen vier Händen hielt und sie zu studieren schien. Von der Medizinerin war keine Spur zu entdecken.

»Tres'pri«, begrüßte er den Krieger und ließ seine Tentakel dabei respektvoll und leicht nach vorne geschwungen an den Seiten seines Kopfes herunterfallen. Die Geste fiel ihm schwer, da er von Panik ergriffen wurde und keinerlei Respekt für den Krieger empfand, aber es war nötig den Schein zu wahren. Falls der Krieger nicht in der Krankenstation war, um Forsa'iti zu töten, dann wäre jede andere Geste auffällig gewesen. »Wo ist Ferui'ilo?«

»Die Medizinerin hat mir heute die Station überlassen. Sie will meine gewonnenen Erfahrungen auf die Probe stellen. Ich freue mich auf die Herausforderung.«

Seine aufgerollten Tentakel zeigten sichtlich wie stolz er auf sich war, bereits nach so kurzer Zeit alleine arbeiten zu dürfen. Der rebellische Farmer dagegen glaubte nicht, was er hörte. Während er sich relativ sicher war, dass der Krieger ihn nicht anlog – wenn er ihn hätte töten wollen, dann wäre

Forsa'iti längst tot. Der Krieger hätte niemals eine solche Scharade durchgeführt – er war sich jedoch nicht so sicher, was die Medizinerin anging. Es war schwer vorstellbar, dass sie ausgerechnet bei diesem Termin entschied, die Erkenntnisse des Kriegers auf die Probe zu stellen.

Sie wollte absolut sicher gehen, dass ich beschäftigt bin und sie nicht bei dem überrasche, was sie tut. Aber was tut sie?

Was auch immer es war, sie hatte Erfolg gehabt. Er konnte nicht weg ohne Verdacht zu erregen und musste sich behandeln lassen. Tres'pri untersuchte seinen Panzer und versorgte ihn mit Medikamenten. Medikamente, von denen Forsa'iti nicht gedacht hätte, dass sie sich an Bord befanden – geschweige denn, einem Mitglied der niederen Kaste zur Verfügung gestellt werden würden.

Wieso jetzt? Warum bekomme ich sie?

Es ging mehr vor, als er gedacht hätte. Eine Theorie, die bestätigt wurde, als Kapitänin Herasu'oli die Krankenstation betrat. Er konnte die Tentakel des Möchtegernmediziners zucken sehen als sie eintrat, sonst zeigte dieser jedoch keine Regung.

Vermutlich hat er im neuralen Netzwerk salutiert.

Forsa'iti musste sich Mühe geben, bei dem Gedanken nicht amüsiert dreinzuschauen. Stattdessen richtete er seinen Blick auf die Eingetretene.

»Kapitänin Herasu'oli«, sagte er und brachte seine Tentakel erneut in respektvolle Position.

»Forsa'iti«, sagte sie und folgte seiner Geste.

Der Anblick ließ den Farmer stutzen. War ihm die Situation bisher bereits seltsam vorgekommen, machte er sich nun echte Sorgen. Er hatte in seinem langen Leben bereits Mitglieder der höheren Kaste gesehen, die ihn und seinesgleichen nicht komplett verachteten, aber selbst die hätten ihre Tentakel niemals genutzt, um offen Respekt zu zeigen.

»Wie kann ich zu Diensten sein?«, fragte er und musste sich Mühe geben, seine Verachtung nicht in seiner Stimme zu offenbaren.

»Eines meiner Teams hat Wasserproben von dem Planeten geholt. Ich möchte, dass du sie untersuchst und feststellst, ob sie für uns genießbar sind.«

»Es ist mir eine Ehre. Kann ich sonst noch etwas für Euch tun?« *Du bald totes Miststück!*

»Wenn wir mit dem Wasser etwas anfangen können, dann darfst du die Bewässerung für die Farmanlagen wieder einschalten.«

Das brachte ihm tatsächlich etwas Erleichterung. Er hatte bereits jetzt heimlich kleine Teile der Farmen weiterhin bewässert, um einen kompletten Ernteausfall zu verhindern. Wenn er die Bewässerung in den nächsten Tagen wieder einschalten konnte, dann würden sie womöglich noch weitere Teile ihrer Ernte retten können – wenn auch nicht alles.

Ein kompletter Ernteausfall, wie Herasu'oli ihn befohlen hatte, hätte ihre Vorräte um Monate reduziert und sie am Ende verhungern lassen, wenn sie keinen Planeten fanden, der für sie bewohnbar war.

Wenn die Kriegerkaste beseitigt ist, dann sinkt unser Verbrauch so oder so. Und vielleicht haben sie ja wirklich trinkbares Wasser gefunden.

Er brauchte lediglich genug, um ihre Tanks aufzufüllen, dann könnten sie Jahre überleben bis sie einen Planeten fanden, der für sie bewohnbar war.

Ruchta beobachtete gespannt die drei Ix, die sich auf der Krankenstation versammelt hatten. Ursprünglich hatte er sich ansehen wollen, was für medizinische Vorräte die Aliens an Bord hatten, stattdessen saß er nun fest. Die erste Besucherin war die Medizinerin gewesen, dicht gefolgt von dem Krieger, den sie auszubilden schien – über eine Ziso vor ihrer normalen Ankunftszeit.

Die beiden hatten mehrere Horen damit verbracht, die Geräte in der Krankenstation auf Vollständigkeit und Funktionalität zu überprüfen. Während der Überprüfung hatte die Medizinerin ihren Schüler immer wieder gefragt wie das Gerät, dass sie gerade untersuchten, hieße oder wofür es da wäre. Der getarnte Setzät hatte interessiert beobachtet und dabei versucht sich so viele Informationen wie nur möglich zu merken. Selbst, wenn er das Wissen niemals nutzen würde, sein wissenschaftlicher Verstand sog Informationen auf wie ein Schwamm.

»Tres'pri«, hatte die Medizinerin schließlich am Ende der Überprüfung gesagt, »ich bin sehr zufrieden mit Euch. Ihr lernt schneller, als ich das für möglich gehalten hätte.« Ruchta hatte kaum glauben können, was er hörte. Tres'pri hatte mehr als die Hälfte der Fragen falsch beantwortet.

Schleimt sie sich bei ihm ein oder was hat sie vor?

»Ich denke«, hatte sie fortgesetzt, »es ist an der Zeit, Euch einen Tag lang allein arbeiten zu lassen, um zu sehen, wie Ihr Euch schlagt.«

»Endlich!«, hatte der Krieger enthusiastisch geantwortet.

»Ich habe heute soweit keine Termine, außer Forsa'iti, der seinen Panzer untersuchen lassen wird. Die Wunden müssen gereinigt und auf Infektionen geprüft werden. Es wird einige Zeit dauern, aber ich erwarte keine Probleme.«

Die Tentakel des Kriegers hatten damit begonnen, sich wild zu bewegen, gerieten dabei jedoch nie durcheinander. Historische Aufzeichnungen bezeichneten diese Bewegung als Freude.

Freut er sich, dass er alleine arbeiten darf oder ist mehr im Gange? Die gesamte Situation ist mehr als absonderlich.

Er hatte so oder so keine Möglichkeit, die Krankenstation zu verlassen, so lange die Ix anwesend war, da die Tür geschlossen war. Sie zu öffnen würde auffallen, außerdem schloss sie sich zu schnell, als dass er getarnt durch sie hindurch käme. Bis auf weiteres war er in der Krankenstation gefangen.

Nach allem was er bislang beobachten konnte und von der Kultur der Ix verstand, war das Verhalten der Kapitänin anormal. Ein Mitglied der Kriegerkaste – und erst Recht die Kapitänin eines Schiffes – würde einem Farmer niemals offen Respekt zollen.

Forsa'iti musste zu demselben Entschluss gekommen sein, ließ sich aber nichts anmerken. Der zehnbeinige Ix spielte mit und hörte aufmerksam zu, während die höherrangige Ix ihm erzählte wie wertvoll er für das Schiff wäre. Wie wichtig es sei, dass sie alle zusammenarbeiteten – und was sie ihm bieten könne, wenn er die zivile Kaste hinter ihr vereinte.

Sie hat erkannt, dass sie zu wenige Truppen hat, um zu erreichen, was auch immer sie erreichen will. Aber was soll die niedere Kaste ihr bringen? Ich habe ihre Schutzanzüge gezählt, sie kann niemals alle ihre Krieger auf den Planeten bringen, geschweige denn noch Zivilisten dazu.

Er beobachtete das Geschehen weiter und zuckte zusammen, als der Blick der Kapitänin auf ihm landete. Für einen Moment dachte er, sie hätte ihn gesehen, dann zeigte sie auf etwas hinter ihm.

»Tres'pri, bring unserem Freund den Shra'telor.«

Der Krieger hatte offenbar nicht gesehen, wohin Herasu'oli gezeigt hatte, denn er studierte mehrere Geräte in seiner Nähe, bevor er die wütend, in abgehackten Bewegungen zuckenden Tentakel seiner Vorgesetzten bemerkte. Dann folgte sein Blick deren Stoßrichtung und er schien den Shra'telor zu erkennen. Das gab Ruchta genug Zeit, um sich von dem Gerät – was auch immer es war – zu entfernen. Zwar war er nicht weit gekommen, aber es reichte aus. Hätte er an seiner vorherigen Position verharrt, wäre der Ix gegen ihn gelaufen. So ging er zwar immer noch so nah an ihm vorbei, dass Ruchta ihn mit seinem Greifarm hätte umschlingen können, aber es reichte.

Forsa'iti traute seinen Ohren nicht. Herasu'oli hatte ihm soeben eine Behandlung mit einem Shra'telor zugesichert. Die kleinen Geräte wurden von den Kriegern genutzt, um angebrochene Panzer zu reparieren. Angehörigen der zivilen

Kaste war eine Behandlung mit dem Gerät strengstens untersagt, da es ihren Panzer aushärten konnte. Wenn die Behandlung erfolgreich war, dann wäre sein Panzer an den behandelten Stellen so stark wie der der beiden Krieger.

Wenn ich Ferui'ilo dazu bekomme mich vollständig damit zu behandeln, dann ...

Er wagte kaum den Gedanken zu Ende zu denken. Der Einsatz des Shra'telor für die zivile Kaste war absolut untersagt, er hatte das Gerät bislang nicht mal in Erwägung gezogen, um sich widerstandsfähiger zu machen.

Und es kann nicht nur mir helfen. Ich könnte sämtliche meiner Gefolgsleute damit stärken. Wir ... wir hätten eine Chance.

Hatte Ferui'ilo bereits daran gedacht und ihm diese Idee vorenthalten? War sie deswegen derzeit nicht anwesend?

Nein, dann wäre das Gerät auch nicht hier. Aber was macht sie?

»Forsa'iti?«, sagte die Kapitänin mit nur schwer verhohlener Wut in der Stimme. Ihre Tentakel hingen beinahe beiläufig an ihrem Kopf herunter, aber er konnte ihren Zorn in vereinzelten, nicht komplett unterdrückten Zuckungen erkennen.

»Kapitänin Herasu'oli. Ich bitte um Vergebung«, die vorgespielte Unterwürfigkeit fiel ihm schwer. »Euer großzügiges Angebot hat mich sprachlos gemacht. Wie kann ich Euch danken?«

»Wenn deine Leute mir helfen, das Schiff vollständig zu reparieren, dann ist das Dank genug. Nachdem wir nun eine

Flüssigkeitsprobe haben, werden meine Krieger damit beginnen Materialien von der Planetenoberfläche und der Basis der verfluchten Setzät zu bringen, um dabei zu helfen.«

Das ließ den Farmer aufhorchen. Er hatte gewusst, dass die Krieger immer wieder auf die Planetenoberfläche geflogen waren, sich dabei jedoch aus unerfindlichen Gründen von der eroberten Setzätbasis fernhielten. Wenn sie nun doch die Basis anfliegen würden ...

Was, wenn sie weitere blinde Passagiere mitbringen? Mit einem Setzät an Bord kann ich arbeiten, aber wenn es mehr werden ... wie kann ich garantieren, dass sie nicht das Schiff übernehmen?

Das Problem war, dass er die Kapitänin nicht warnen konnte. Sobald er seine Sorge erwähnte, würde sie wissen wollen wie er darauf käme. Er hatte keine Antwort darauf, die seine Verschwörung nicht auffliegen lassen würde. Also sagte er nichts und nahm sich stattdessen vor seine eigenen Leute über die Gefahren zu unterrichten. Sie würden so oder so bei jedem ankommenden Schiff im Hangar anwesend sein müssen, um die schweren Ausladearbeiten zu verrichten, für die sich die Krieger zu fein waren.

Sie würden die Gelegenheit nutzen, um ankommende Schiffe auf getarnte Setzät zu untersuchen. Wie genau sie das anstellen würden, war ihm jedoch noch nicht klar.

Setzät Basis Alpha – Rizos IV

Mühsam kam Juas unter der Computerkonsole hervor, an der er gearbeitet hatte und richtete sich wieder auf. Es hatte ihn Tage gekostet, aber er hatte gefunden, womit der Verräter seinen Störsender manipuliert hatte.

Ursprünglich hatte er vermutet, dass es sich um ein Stück Code gehandelt hatte, dass er tief in den Programmroutinen gefunden hatte. Der Code hatte sich, nachdem er ihn gelöscht hatte, jedoch immer wieder neu eingespielt. Je öfter er ihn entfernte, desto aggressiver wurde er dabei. Ausführliche Untersuchungen hatten ihn keinen anderen Code finden lassen, der dafür verantwortlich war, dass der erste Code immer wieder zurückkam, also musste es an seiner Hardware liegen.

Das kleine Gerät, das er schließlich gefunden hatte, war kaum größer als ein Insekt und tief im Computer versteckt gewesen. Es musste da gewesen sein, bevor Juas überhaupt auf dem Planeten angekommen war. Anders hätte es niemand derart tief vergraben können ohne aufzufallen. Es musste mehrere Horen gekostet haben es zu installieren.

Aber wie konnte irgendjemand wissen, dass der Funk gestört werden würde? Es war meine Entscheidung. Niemand außer einem Sucher hat überhaupt das Recht, die Verbindung zum Zentralkommando auf diese Art zu unterbrechen.

Er betrachtete das kleine Gerät für mehrere Uihern, dann zerstörte er es.

Jemand hat gewusst, dass ich kommen würde. Jemand hat gewusst, dass ich den Funk stören würde. Jemand hat gewusst ... jemand hat gewusst, dass die Ix zurückkehren würden.

Er warf sich förmlich unter den Computer, der die Hirachosascanner kontrollierte.

Diesmal wusste er genau, wonach er suchen musste. Er fuhr einen dünnen, schleimigen Tentakel aus und ließ ihn weit in die Innereien des Computers hineingleiten. Vorbei an verschiedenen Einzelteilen, die dort waren, wo sie sein sollten. Hin zu dem Ort, an dem er das Gerät vermutete, weil es dort im anderen Computer angebracht gewesen war.

Obwohl er vermutet hatte, ein weiteres dieser Geräte zu finden, war der Schock der ihn durchfuhr, als er es wirklich dort fand, doch riesig. Tief in seinem Inneren hatte er noch immer gehofft, dass es nur ein Zufall war, dass niemand die Ix hatte herbeirufen wollen. Seine Hoffnung war enttäuscht worden – und er hatte mehr Probleme als nur einen simplen Verräter der Separatisten. Er hatte jemanden in der Basis, der die Ix aus der interdimensionalen Spalte befreien wollte.

Kapitel 7

3. September 242

Farmschiff *Olus'ert* – Im Orbit von Rizos IV

Erleichterung stellte sich ein, als Ruchta endlich die Kommunikationskonsole der *Olus'ert* für sich hatte. Da die Ix keine weiteren Schiffe hatten, mit denen sie reden konnten, war die Kommunikationseinrichtung normalerweise verlassen. Allerdings hatten mehrere Techniker im Zuge der Reparaturen, die demnächst am Schiff beginnen sollten, Informationen über die technischen Einrichtungen an Bord gesammelt. Die Kommunikationsmöglichkeiten gehörten dazu.

Es war schlicht Pech gewesen, dass sie zur selben Zeit in dem normalerweise verlassenen Raum waren, wie er. Das half ihm jedoch nicht über seine Fortschreitende Ermüdung hinweg. Seit er sich auf der Raumfähre versteckt hatte, hatte er beinahe durchgängig seine Tarnfähigkeit nutzen müssen. Die Momente, in denen er sich entspannen konnte, waren selten.

Ich brauche dringend eine Pause, dachte er, als er an die Konsole trat und eine Verbindung zum Planeten öffnete.

Als Sucher Juasdasdgeastasnzda antwortete, klang er müde und gehetzt.

»Ruchta. Ich hatte schon befürchtet die Ix hätten dich gefunden. Was kannst du mir berichten?«

Der Wissenschaftler gab die Ereignisse seit ihrer letzten Kommunikation in rascher Folge wieder. Ursprünglich hatte er sich Zeit nehmen wollen, aber die Anwesenheit der Techniker hatte ihn ängstlich gemacht. Was wenn sie zurückkehrten, weil sie etwas vergessen hatten?

Der Sucher hörte gespannt zu und Ruchta hatte schon Sorge, dass die Verbindung abgerissen wäre, als der andere am Ende der Erzählung wieder das Wort ergriff:

»Höchst interessant. Weißt du wann die Ix das nächste Mal ihre Fähre landen werden?«

»Nicht sicher, nein. Sie scheinen keinem genauen Zeitplan zu folgen, sondern jeweils dann zu fliegen, wenn sie mit ihrer Arbeit fertig sind.«

»Kannst du bei der nächsten Landung an Bord sein?«

Ruchta überlegte einen Moment, bevor er antwortete.

»Vielleicht. Es kommt darauf an wie schnell sie nach ihrer nächsten Landung an Bord wieder zum Planeten aufbrechen. Wenn eine Wartezeit dazwischenliegt, in der das Schiff unbewacht ist, dann wäre es möglich.«

»Gut. Die Ix haben unsere Scanner in Basis Beta bei ihrer letzten Landung außer Funktion gesetzt, wir sind auf dieser Seite des Planeten daher blind. Meinst du, du könntest die Anlagen am Boden reparieren?«

Wie bitte? Meint er das ernst? Ich bin ein Wissenschaftler, kein Techniker. Ich habe nicht den Hauch einer Ahnung wie die Scanner am Boden funktionieren.

Laut sagte er stattdessen lediglich: »Nein!«

Es vergingen über zwei Uihern bevor der Sucher wieder antwortete.

»Kannst du mir Bescheid geben, wenn die Ix ihre Fähre das nächste Mal an Bord holen?«

»Ja«, er würde sich mehr als sonst im Hangar aufhalten müssen und es würde ihm weniger Zeit für seine Entdeckungstouren zur Verfügung stehen, aber er konnte es einrichten.

»Sehr gut. Jetzt hör mir gut zu.«

Was soll ich denn auch sonst machen? Ich habe nicht mal etwas zu lesen an Bord.

Statt etwas zu sagen schwieg er jedoch und hörte sich den Plan an, den der Sucher darlegte. Was der Sucher vorhatte, war gefährlich und nahezu unmöglich – aber nur nahezu. Das eigentliche Problem war allerdings, dass Ruchta nicht wusste, ob er den Plan umsetzen wollte.

Setzät Basis Alpha – Rizos IV

Nachdem Ruchta die Verbindung gekappt hatte, machte Juas sich wieder an seine eigentliche Arbeit. Der unerwartete Kontakt mit dem Wissenschaftler hatte seinen Zeitplan durcheinandergebracht und er wusste noch nicht wie er seinen neuen Plan sich mit den Ix zu befassen, unterbringen sollte, aber darum würde er sich später kümmern. Derzeit hatte er ein sehr viel ernsteres Problem zu bekämpfen.

Seine Hirachosascanner liefen wieder, wenn auch nicht so wie sie es normalerweise sollten. Sie hatten mindestens einen Hirachosa gefunden, aber er war nicht in der Lage herauszufinden, wo sich dieser befand oder ob es nur ein einziger war. Die Sabotage war beseitigt, aber sie hatte Spuren hinterlassen.

Die Scanner wieder vollständig instand zu setzen war ausgeschlossen. Er hatte genug von der Funktionalität der Kommunikationsanlage verstanden, um die Sabotage zu entdecken, aber die Hirachosascanner gingen weit über seine Fähigkeiten hinaus. Es war eine Technologie, die selbst heute noch zu kompliziert war, um von irgendjemandem außer Spezialisten verstanden zu werden.

Und von denen haben wir immer weniger. Der Bürgerkrieg zehrt uns auf.

Dennoch versuchte er noch knapp eine halbe Ziso lang, ob er nicht doch wieder die vollständige Funktionsfähigkeit der Scanner hinbekam. Seine Hoffnung war, dass er die Veränderungen, die durch Sabotage am Programmcode vorgenommen wurden vielleicht nachverfolgen konnte. Schließlich musste er sich aber eingestehen, dass es aussichtslos war.

Stattdessen machte er sich auf den Weg, die Basis abzusuchen. Sucher waren darauf trainiert Hirachosa zu erkennen. Es war der Grund für ihre Existenz. Jetzt musste er lediglich herausfinden, ob er das, was er bislang nur im Training und ohne echten Hirachosa ausprobieren konnte, auch wirklich anwenden konnte.

Es wäre so viel einfacher, wenn wir die Parasiten in unserer Galaxis nicht ausgerottet hätten. Dann hätte ich echte Erfahrungen sammeln können.

Die Idee sämtliche Forscher und Soldaten im Hangar zu versammeln hatte er schnell wieder verworfen. Die Gefahr war zu groß, dass der (*oder die, ich weiß nicht wirklich, ob es nur ein einzelner ist*) Hirachosa ahnten, dass er entdeckt worden war und ein Massaker anrichtete, bevor Juas ihn stoppen konnte.

Sein erstes Ziel waren die Soldaten, die er aus Basis Beta abgezogen hatte. Sie waren bereits am längsten in der Basis und stellten die größte Gefahr dar, wenn sie von ihren Feinden übernommen worden sein sollten. Auf dem Weg zum Schlafsaal begegnete er ein paar anderen Bewohnern der Basis, aber keiner von ihnen löste eine Reaktion aus.

Als er am Schlafsaal ankam, den sich die Soldaten teilten, fand er die meisten von ihnen vor. Wer keinen Dienst hatte schlief für gewöhnlich, um die nächste Schicht frisch und erholt angehen zu können. Das kam Juas entgegen, der – da er durch reine Nähe zu den Soldaten keinen Hirachosa spüren konnte – eine Reihe von schleimigen Fühlern ausfuhr, um Kontakt mit den Schlafenden herzustellen. Die Methode war nicht so effektiv wie das Aufnehmen des Schleims eines Toten, aber der direkte Kontakt mit ihnen kam dem ganzen nahe genug und sollte ihm verraten, ob einer von ihnen von einem Hirachosa besessen war.

Ein paar verstörende Träume, die wohl vor allem durch die Angst vor den Ix ausgelöst wurden, sonst fühlte er nichts Außergewöhnliches.

Beruhigt fuhr er die Fühler wieder ein und verließ den Schlafsaal, ohne dass ihn jemand bemerkt hätte. Sein nächstes Ziel waren die Wissenschaftler, die derzeit dabei waren, herauszufinden was bei dem interstellaren Antrieb schiefgelaufen war. Wenn sich unter ihnen ein Hirachosa befand … Die Soldaten konnten sich wenigstens noch wehren, aber die Wissenschaftler stünden keine Chance.

Und wer weiß wie viele weitere Ix-Schiffe dann aus der Spalte kommen würden.

Er beschleunigte seinen Gang zur Forschungsstation.

Der Anblick, der sich ihm dort bot, war schlimmer als alles, was er sich hatte ausmalen können. Mehrere Wissenschaftler lagen tot am Boden, ihre Körper teilweise zerquetscht oder auseinandergerissen. Rotes Blut bedeckte den gesamten Boden.

Ein letzter Überlebender stand in einer Ecke und hatte eine Reihe von Greifarmen um die Querstreben eines Computers geschlungen. Der Anblick des Wissenschaftlers löste ein Ziehen in fünf seiner sieben Mägen aus. *Hirachosa!*

Als der Sucher den Raum betrat drehte der Überlebende sich herum und hunderte schleimiger Tentakel rasten mit schier unmöglicher Geschwindigkeit auf Juas zu.

Farmschiff *Olus'ert* – Im Orbit von Rizos IV

Forsa'iti betrachtete die, mittlerweile dreizehn, Ix vor sich, die sich der Reihe nach mit dem Shra'telor behandelten. Für das aktuelle Treffen hatte er einen Zeitpunkt gewählt, zu dem Ferua'iti nicht kommen konnte. Kapitänin Herasu'oli hatte sie zu einer Besprechung über das Voranschreiten ihrer Ausbildung von Tres'pri auf die Brücke bestellt.

Es war die ideale Gelegenheit seine Truppen zu stärken – und das Schiff zu übernehmen. Die Hälfte der Krieger befand sich auf der Planetenoberfläche. Die Kapitänin und ihre Truppen würden dem Überraschungsangriff nicht gewachsen sein.

Seine einzige Sorge war der Setzät, der sich schon länger nicht mehr gezeigt hatte.

Wenn ich ihn nicht dazu bekommen kann, die Kapitänin zu Beginn unseres Angriffes zu töten, dann werden wir scheitern, egal wie wenige Krieger sie zur Verfügung hat.

Herasu'oli war eine ausgezeichnete Kämpferin, die es im Training mit mehreren ihrer Krieger gleichzeitig aufnehmen konnte. Um sie zu bezwingen würden sie eine Übermacht benötigen, die sie schlicht und ergreifend nicht zur Verfügung hatten.

Wo steckt er?

Der Rebellenanführer wartete bis seine Leute fertig waren, dann ließ er sich den Shra'telor zurückgeben und steckte ihn in den Saatgutbeutel, den er sich um die Schultern geschlungen hatte. Niemand würde irgendeinen Verdacht gegen einen Farmer hegen, nur weil er mit einem Saatgutbeutel durch das Schiff lief. Da sich niemand auf der Krankenstation befand, würde auch niemand den Shra'telor vermissen.

Und selbst wenn, dann sage ich, ich hatte Schmerzen und dass ich ihn mir unerlaubt ausgeliehen hatte, weil ich die Unterredung zwischen Ferua'iti und Herasu'oli nicht stören wollte.

Sein Vertrauen in die Ausrede war begrenzt, aber es war alles, was ihm für den Notfall eingefallen war.

»Freiheitskämpfer«, begann er. »Ich freue mich, dass ihr gekommen seid, um euch am Kampf gegen die Unterdrückung der zwölfbeinigen Mitglieder unserer Spezies zu wehren. Ich weiß, dass viele von euch Angst haben und ich verurteile euch dafür nicht.« Er machte eine kurze Pause, um seine Worte wirken zu lassen. »Aber nun braucht ihr keine Angst mehr zu haben. Der Shra'telor hat euch in die Lage versetzt, es mit jedem Krieger aufzunehmen, der sich uns in den Weg stellt. Ihr seid nicht mehr schwache Farmer und Ingenieure. Von nun an seid ihr die *Gestärkten*. Eine neue Form von Ix.«

Seine Worte wurden von Jubel begrüßt, der wie eine Welle über ihn wogte und ihm ein Gefühl von Stärke verlieh, das er auf seine alten Tage nicht mehr erwartet hätte. Er atmete tief ein und füllte seine Lunge mit Luft, bevor er mit neuer Stärke in der Stimme weitersprach.

»Ihr habt lange darauf gewartet diese Freiheit kosten zu dürfen. Nun wird es Zeit. Rüstet euch aus und dann ziehen wir in den Krieg!«

Er griff hinter sich und zog eine abgenutzte, alte Decke von einem Stapel, der von ihr verborgen worden war. Zum Vorschein kam eine Kiste mit Personenschilden und Energielanzen darin, die er in den letzten Stunden einzeln und mit viel Mühe aus der Waffenkammer gestohlen und heimlich zum Farmraum transportiert hatte. Seine Leute würden nicht unbewaffnet in die Schlacht ziehen müssen.

Während die anderen Rebellen sich bewaffneten, ging Forsa'iti in den Kontrollraum, von dem aus er die Farm steuern konnte. Er ließ die Tür lange genug offen, um einem eventuellen Verfolger die Chance zu geben einzutreten, dann betätigte er den Schalter, der sie schloss.

»Bist du hier?«, fragte er in den Raum und hoffte, dass der Setzät sich zeigen würde.

Ruchta beobachtete wie die Gruppe von rebellischen Ix sich darauf einstimmte das Schiff zu erobern. Die kleine Rebellion schien ihm weitaus interessanter als den Hangar zu beobachten. Besonders, da er entschieden hatte den Plan des Suchers nicht umzusetzen.

Wenn es nach Juasdasdgeastasnzda ging, dann würde er eine Bombe an Bord schmuggeln und den Reaktor des Huasne'uri zerstören. Ohne Reaktor wäre es nur eine Frage der Zeit bis die Gravitation des Planeten das Schiff nach unten zwang und der Aufprall es vernichtete.

Für den Xenowissenschaftler kam das nicht in Frage. Es war die erste Chance, die er hatte, die Spezies zu studieren, die seine eigene vor so vielen Jinern beinahe ausgelöscht hatte. Seit der Ankunft auf dem Schiff hatte er eine ungeahnte Faszination für die nahezu ausgerottete Spezies entwickelt.

Er hatte Gerüchte gehört, dass es noch ein paar Überlebende Ix gab, aber das Zentralkommando die Koordinaten des Planeten für sich behielt, auf den sie die letzten Ix in ihrer Galaxis gebracht hatten. Ruchta wusste nicht mal sicher, ob die Gerüchte wahr waren oder die Separatisten mit ihrem Genozid Erfolg gehabt hatten.

Forsa'itis Rede langweilte ihn. Es fehlte an Feuer, es fehlte an Nachdruck. Es fehlte einfach an allem, aber den Ix schien es zu gefallen.

Und warum auch nicht? Wenn ich ihre Kultur richtig verstehe, dann hat niemand unter ihnen jemals eine Rede gehalten oder gehört. Sie wurden immer unterdrückt und durften an nichts teilhaben, was einer Rede bedurft hätte. Woher sollen sie den Unterschied kennen?

Nach seiner Rede zog der Ix sich in den Kontrollraum zurück und Ruchta hatte den Eindruck, dass er auf ihn wartete. Er hatte jedoch kein Interesse daran zu folgen und mit dem

Anführer der Rebellen zu sprechen. Dem Setzät war auch so klar, worum sich das Gespräch drehen würde: die Ermordung der Kapitänin.

Er will sie tot sehen, bevor ihre Rebellion in Gang kommt.

Ruchta wusste nicht, ob er das liefern konnte, aber er brauchte dafür kein weiteres Gespräch. Was er brauchte, war Schlaf. Je schneller die Kapitänin tot war, desto früher würde er den bekommen.

Herasu'oli beobachtete mit Genugtuung wie Tres'pri seine vier Fäuste wieder und wieder in das Gesicht der Medizinerin hämmerte. Das wertlose Stück Dreck hatte es gewagt eine Rebellion anzuzetteln. Sie hatte versucht, mehr von ihrer wertlosen Abart aufzustacheln und Unruhe zu säen.

Ihr Schüler hatte sie zufällig dabei ertappt, als sie mit einem ihrer Anhänger einen anderen Ix getötet hatte, der sich ihr offenbar nicht hatte anschließen wollen. Hätte Tres'pri seine Lehrerin nicht gesucht, um sich eine Behandlungsmethode erklären zu lassen, hätten sie nie davon erfahren.

Das Stück Scheiße hätte meine gesamten Pläne ruinieren können. Sie hätte niemals Erfolg gehabt – keine zehnbeinige Missgeburt kann mich stürzen – aber eine Rebellion hätte mich Zeit und Kräfte gekostet.

Sie war froh, dass sie sich entschieden hatte, Forsa'iti entgegenzukommen. Was auch immer die Medizinerin an Unruhen gestiftet hatte, der Farmer würde es wieder in Ordnung bringen können. Er würde dafür sorgen, dass wieder Einigkeit in ihren Reihen einkehrte ...

Oder sterben, wenn er sich weigern sollte.

Es waren die chaotisch durcheinanderwirbelnden Tentakel von Tres'pri, die Panik signalisierten, und die wilden Bewegungen von Ferui'ilos freudigen Tentakeln, die Herasu'oli darauf aufmerksam machten, dass etwas nicht stimmte. Sie spürte keinen Schmerz, als die Klinge der abgeschalteten Energielanze wieder aus ihrer Brust hinausglitt. Erst als sie sich ein zweites Mal durch ihren Körper bohrte, spürte sie, was vor sich ging.

Alarm schrillte durch das Schiff und riss Ruchta aus seiner Konzentration. Seine Tarnung war zunichte und die versammelten Rebellen, die noch immer dabei waren sich mit den Waffen zu versorgen, die Forsa'iti ihnen gebracht hatte, sahen ihn mit verwirrt zuckenden Tentakeln an – dann stürmten sie mit wildem Kampfgeschrei und erhobenen Waffen auf ihn zu.

DANIEL ISBERNER

Kapitel 8

3. September 242
Setzät Basis Alpha – Rizos IV

Juas formte ein Schild aus Schleim vor sich, an dem die Tentakel seines Angreifers abprallten – es war eine Technik, die jeder Sucher lernte, die sie jedoch schnell erschöpfte. Der Ansturm ging jedoch ungebremst weiter und mehrere Ausläufer seines Gegners versuchten sich an seinem Schleimschild vorbeizuschlängeln.

Bevor sie ihn jedoch fassen konnten, hatte er den Raum wieder rückwärts verlassen und die Tür mit Hilfe eines Notfallschalters geschlossen, der es unmöglich machen würde die Tür innerhalb der nächsten zwei Horen zu öffnen. Die Funktion war ursprünglich dazu gedacht gewesen, um die Forschungsräume im Falle eines Unfalls zu versiegeln und zu verhindern, dass giftige Stoffe in den Rest der Basis drangen – sie konnte aber auch dazu genutzt werden, jemanden in dem Raum einzusperren.

Krachend sauste die Tür nieder und trennte ein gutes Dutzend schleimiger Tentakel seines Angreifers ab, die auf dem Boden zerflossen. Ohne darüber nachzudenken was er tat, trat er in die sich verflüssigende Schleimpfütze und nahm die Flüssigkeit in sich auf.

Die Erinnerungen, die er sah ... sie konnten unmöglich von dem Wissenschaftler stammen, der ihn angegriffen hatte. Eine Flotte von Ix-Schiffen, die mitten im Nirgendwo gestrandet waren. Zerfallende Schiffe, versagende Technologie. Angehörige der verschiedensten Spezies, die er noch nie zuvor in seinem Leben gesehen hatte.

Es müssen Erinnerungen des Hirachosa von Eroberungen alter Galaxien sein. Aliens, die womöglich noch immer auf den Schiffen der Ix als Wirte dienten.

Nichts davon half ihm seiner aktuellen Situation Herr zu werden. Er versuchte mehr aus dem Schleim zu ziehen, aber das Durcheinander war zu groß. Es fiel ihm schwer eine Unterscheidung zwischen den Erinnerungen des Wissenschaftlers, der dem Hirachosa als Wirt diente, und dem Alien vorzunehmen. Bilder wurden vermischt, Namen gerieten durcheinander. Es war pures Chaos.

Ich kann ihn nicht alleine in dem Raum lassen. Wenn er mehr Ix befreit ...

Das einzige Problem war, dass er den Hirachosa niemals würde alleine besiegen können.

Ich hatte Glück, dass er nicht mit dem Schild gerechnet hatte. Andernfalls ...

Nein, für einen neuen Angriff brauchte er Unterstützung.

Bevor der Hirachosa den Raum verlassen konnte, verriegelte er die Tür endgültig mit einem Überbrückungscode, dann schaltete er die Energieversorgung zu dem Raum ab. Juas hoffte, dass ihm das genug Zeit verschaffen würde, um seine Soldaten zu sammeln. Er glaubte nicht daran, dass es den Hirachosa lange aufhalten würde. Wenn dieser die Erinnerungen des Wissenschaftlers nutzen konnte, dann würde er einen Weg finden, den Raum wieder mit Energie zu versorgen.

Er rannte in Richtung der Kabine, in der er zuvor die schlafenden Soldaten überprüft hatte und weckte sie. Wie es sich für militärisches Personal gehörte, waren sie sofort wach. Normalerweise brauchte ein Setzät zwischen zwei und drei Uihern, um wirklich wach zu werden. Das war jedoch etwas, was jedem Soldaten über ein drei Lunen langes, radikales Training wegkonditioniert wurde.

Nach weniger als einer Horis waren sie vollständig gerüstet und rückten mit ihm in Richtung des Hirachosa aus. Seine Eröffnung darüber, was sie erwartete, hatte bei einigen Schock und Angst über die schleimige Außenhülle laufen lassen, aber niemand hatte versucht sich zu drücken. Entweder hatten sie mehr Angst vor ihm, als vor dem Hirachosa oder sie wollten vor ihren Freunden keine Feigheit zeigen.

Was auch immer es war, solange sie ihm folgten und den Parasiten zur Strecke brachten, war Juas zufrieden.

Farmschiff *Olus'ert* – Im Orbit von Rizos IV

Mit aller Geschwindigkeit, die ihr ihr sterbender Körper noch bieten konnte, drehte Herasu'oli sich um und starrte den Setzät an, der mit der Energielanze erneut zum Stoß ausholte. Jahrzehnte an Training ließen sie beinahe unbewusst nach dem Griff der heransausenden Waffe greifen und sie so abfangen. Normalerweise hätte sie eine solche Abwehrbewegung ohne große Probleme leisten können, aber sie war am Ende ihrer Kräfte angelangt.

Bevor ihr Griff um die Mittelstange der Lanze endgültig nachließ, griff sie mit ihren anderen beiden Händen zu und schleuderte sie zur Seite. Mit all ihrer verbliebenen Kraft hielt sie die Waffe dabei fest, um sie nicht zu verlieren – ihr Attentäter hatte weniger Glück.

Wie hat es einer von ihnen an Bord geschafft?, fragte sie sich, während sie nach vorne schnellte und der Alarm zu plärren begann. Das bekam sie jedoch nicht mehr mit.

Das Alien war gerade wieder dabei sich aufzurichten, als sie die Energielanze durch seinen Torso bohrte. Ein einsamer, müde wirkender, schleimiger Greifarm bewegte sich auf sie zu und sie wischte ihn beinahe beiläufig zur Seite.

Zu spät realisierte sie ihren Fehler.

Tiga'dar'ros konnte nicht fassen, was sie geschafft hatte. Sie hatte den Körper des Setzät, den sie seit tausenden Jahren bewohnt hatte, verlassen und es geschafft Herasu'oli an sich zu reißen. Das war besser, als sie und Huirs'oir'tedos es sich vorgestellt hatten. Ihr Plan war gewesen, die Kapitänin zu töten und das ausbrechende Chaos zu nutzen. Nun musste sie das nicht mal mehr, sie *war* die Kapitänin.

Herasu'oli hatte einen tödlichen Fehler gemacht, als sie mit dem Hirachosa gekämpft hatte. Sie hatte entweder nicht realisiert, wer sie angriff oder war davon ausgegangen sicher zu sein – wie sie es eigentlich auch hätte sein sollen. Ein Hirachosa, dessen Wirtskörper im Sterben lag, konnte auf einen neuen Wirt überspringen, wenn er im Moment des Todes Körperkontakt mit diesem hatte. Normalerweise sollten Ix vor einer Übernahme durch einen Hirachosa sicher sein, aber die Rebellen unter ihnen wussten schon lange, dass dem nicht immer so war. Thar'ara'tedos, der Anführer ihrer Rebellion, wanderte seit ihrer Verbannung in die interdimensionale Spalte von einem Ix zum Nächsten.

Als sie aus der Spalte und zurück in die Realität gerissen wurden, waren Huirs'oir'tedos und er, damals noch im Körper des männlich Setzät, gerade dabei gewesen die Farmanlage zu sabotieren, wie sie es bereits vor tausend Jahren getan hatten. Doch ihre Ankunft in dieser Galaxis hatte sie ihre Pläne überdenken lassen.

Die Ix waren eine Gefahr für diese Galaxis, die es niemals wieder hätte geben dürfen. Wichtiger als die Sabotage ihrer Nahrungsmittelversorgung, war ihr dauerhafter Tod, bevor sie irgendwie gearteten Schaden anrichten konnten.

Nach langer Beratung hatten sie sich der Kapitänin offenbart und die hatte reagiert, wie sie erwartet hatten. Sie hatte sie beide auf den Planeten geschickt, um die Setzät zu unterwerfen. Huirs'oir'tedos war gegangen, doch Tiga'dar'ros hatte sich nach der Landung in der Fähre versteckt und war zurück an Bord gekommen. Er hatte die Tarnfähigkeit des Setzät genutzt, um sich an Bord zu verstecken und auf das Signal seines Komplizen am Boden des Planeten gewartet, dass er gefunden hatte, was sie suchten: Eine Möglichkeit, die *Olus'ert* zu vernichten.

Die Idee das Schiff auf den Planeten oder in die Sonne stürzen zu lassen hatten sie sofort verworfen. Jedes Ix-Schiff hatte eine Reihe von Systemen und Backupsystemen, um zu verhindern, dass es einen solchen Kurs einschlug. Sie brauchten planetare Verteidigungsanlagen – und die hatte Huirs'oir'tedos offenbar gefunden.

Langsam drehte sie sich, nun im Körper von Herasu'oli, herum und sah den Krieger an, der gerade dabei gewesen war, eine zehnbeinige Ix zu schlagen und dabei innegehalten hatte. Sie brauchte einen Moment, um seinen Namen aus dem Gedächtnis der Ix zu kramen.

Ich verliere bereits wieder die Kontrolle über sie. Was auch immer Thar'ara'tedos macht, um seine Wirtskörper zu behalten ... ich habe nicht viel Zeit.

»Tres'pri«, begann sie, »schaff dieses Stück Dreck hier raus.« Bei den Worten zeigte sie auf den leblosen Körper des Setzät, den sie bis vor einigen Sekunden bewohnt hatte. Sein Schleim war bereits dabei, von ihm abzugleiten und so kam das schwarze Fell darunter zum Vorschein.

»Kapitänin, Ihr ... Soll ich Eure Wunden versorgen?«

»Nein!«, donnerte sie mit all der Kraft, die sie aus dem sterbenden Körper aufbringen konnte. »Tu, was ich gesagt habe.«

»Und Ferui'ilo?«

»Töte sie!«

Die Tentakel der zum Tode Verurteilten wirbelten vor Panik wild durcheinander und sie öffnete den Mund, um etwas zu sagen – doch da hatte Tres'pri bereits alle seine vier Hände um ihren Kopf gelegt, fest zugedrückt und den weichen Panzer zum Platzen gebracht. Blaues Blut und graue Gehirnmasse floss aus den Überresten heraus und was immer die Medizinerin hatte sagen wollen, war für immer verloren.

Sie versuchte, den Alarm abzustellen, den Tres'pri offenbar über das neurale Netzwerk aktiviert hatte, konnte es jedoch nicht. Wie auch immer die Ix mit dem neuralen Netzwerk kommunizierten, als sie den Körper der Kapitänin übernommen hatte, war der Zugriff darauf offenbar abhandengekommen. So schnell ihre immer schwächer werdenden Beine sie trugen, bewegte sie sich über die Brücke zu den manuellen Kontrollen des Schiffs.

Normalerweise sollte sie in der Lage sein jeden Körper zu heilen, den sie übernahm, aber bei der Ix versagte sie. Alles, was Tiga'dar'ros tun konnte war, das Sterben zu verlangsamen.

Ich muss es nur lange genug hinauszögern, um das Schiff über die andere Basis der Setzät zu bringen. Nur ein paar Minuten. Das schaffe ich. Immer und immer wieder. *Das schaffe ich.*

Ruchta versuchte sich wieder zu tarnen, aber das blinkende blaue Alarmlicht, gepaart mit der Panik, die sich durch die heranrasenden Ix in ihm ausbreitete, machte es ihm unmöglich. Stattdessen formte er eine Reihe von Greifarmen aus seinem Schleim und stellte sich darauf ein von den Ix getötet zu werden.

»Stopp!«, donnerte die Stimme von Forsa'iti über die wütenden Angreifer hinweg und tatsächlich stoppten sie.

Nur ein einziger von ihnen reagierte zu langsam und die herabsausende Energielanze durchtrennte einen von Ruchtas Greifarmen, als der versuchte sie zu stoppen. Schmerz raste durch seinen Körper und ließ ihn schreiend zurückzucken.

Bei dem Schrei, den einige der Ix offenbar als Kampfgebrüll verstanden, hoben sie ihre Waffen erneut, aber Forsa'iti drängte sich zwischen sie und Ruchta, der erleichtert zurücksackte. Sie würden ihren Anführer nicht angreifen – *hoffentlich*.

Während der Setzät sich von dem Schmerz erholte, den der abgetrennte Schleim verursacht hatte, redete der Ix mit seinen Gefolgsleuten. Ruchta hörte nicht zu.

Wie habe ich jemals glauben können, die Kapitänin umbringen zu können? Ich kann mich nicht mal gegen einen zehnbeinigen Angehörigen ihrer Spezies wehren.

Wieso habe ich nicht auf den Sucher gehört? Hätte ich seinen Plan befolgt ...

Etwas griff nach ihm und riss ihn damit aus seiner Gedankenwelt.

»Ich habe dich etwas gefragt!«, sagte Forsa'iti, dessen Tentakel mit schnellen, kraftvollen und abgehackten Bewegungen seinen Zorn auf den Wissenschaftler deutlich machten.

»Ich ...«, begann Ruchta zögerlich, riss sich dann aber zusammen. »Ich war abgelenkt. Was ist passiert?«

»Das habe ich *dich* gerade gefragt. Ist die Kapitänin tot?«

»Woher soll ich das wissen? Ich war hier und habe deinen Plänen zugehört.«

»Was hat dann den Alarm ausgelöst?«

»Ich weiß es nicht, aber ...«, ein ächzendes Vibrieren ging durch das Schiff und ließ ihn verstummen.

»Jemand hat die Triebwerke gezündet!«, sprach Forsa'iti aus, was Ruchta durch den Kopf schoss.

»Warum?«

»Wenn ich das wüsste ...«

Der Ix drehte sich wieder zu seinen Gefolgsleuten um.

»Wir rücken zur Brücke aus, jetzt oder nie. Jeder Krieger, dem wir unterwegs begegnen, wird getötet. Ich will wissen, was vor sich geht und ich will es jetzt wissen.«

Seine Worte wurden von Kampfgeschrei begrüßt, das laut genug war, um Ruchta erneut zurückweichen zu lassen.

Worauf habe ich mich hier eingelassen?

Setzät Basis Alpha – Rizos IV

Juas hatte seine Truppen vor der Tür des Forschungsraums versammelt. Sie alle, auch er selbst, trugen Körperpanzer, die an den Seiten mehrere Löcher hatten, durch die sie Greifarme und andere Schleimgebilde formen konnten.

Jeder von ihnen, mit Ausnahme des Suchers, hatte zwei Greifarme um ein Gewehr geformt, mit dem sie Trockenpulver verschießen konnten. Das Pulver war in kleine Behälter abgefüllt, die beim Aufprall platzten. Ihr Ziel war es, den Hirachosa lebend zu fangen und Trockenpulver würde ihnen das ermöglichen, indem es die schleimige Hülle des Setzät austrocknete, in dem er hauste. Normalerweise wurde es eingesetzt, um Protestler ruhigzustellen, ohne sie zu töten. Nun würden sie es nutzen, um einen Hirachosa in ihre Gewalt zu bringen.

Juas selbst hatte eine Reihe von gläsernen Klingen auf die Rückseite seines Körperpanzers geschnallt, ließ sie allerdings dort. Sein Ziel war es, die Truppen vor den Tentakeln des Hirachosa zu schützen und nicht selbst am Kampf teilzunehmen. Wenn er die Chance bekam, würde er dem Hirachosa seine Greifarme abschneiden und den Schleim in sich aufnehmen, um Informationen zu sammeln.

Er entriegelte die Tür und zwei seiner Soldaten stürmten vor. Bevor er folgen konnte, hatten sie bereits das Feuer eröffnet. Als er nach ihnen eintrat, wurde der erste von ihnen von mehreren Tentakeln ergriffen und durch den Raum geschleudert.

Der zweite Soldat hatte dazugelernt und nahm die Tentakel unter Feuer, die auf ihn zuschossen, statt sich auf den Hirachosa selbst zu konzentrieren. In der Zwischenzeit strömte der Rest von ihnen herein und feuerten sowohl auf ihren Angreifer als auch seine Tentakel. Während der Hirachosa sich mit übernatürlicher Geschwindigkeit bewegte und nahezu nicht zu treffen war, zogen seine schleimigen Greifarme hinterher. Immer wieder wurden sie getroffen und fielen vertrocknet zu Boden.

Fluchend wich Juas den schnell trocknenden Schleimpfützen aus. Es gab nichts, was er an Informationen aus ihnen würde ziehen können, stattdessen würde das Trockenpulver an ihnen ihm gefährlich werden.

Als Reaktion darauf ging er dazu über, eigene Greifarme zu formen und damit nach dem Hirachosa zu schnappen. Mehrere seiner Soldaten taten es ihm nach, jedoch ohne Erfolg.

Sie rückten langsam vor, um den Hirachosa einzupferchen. Der wirkte jedoch unbeeindruckt und warf ihnen nur mehr und immer schneller geformte Tentakel entgegen, die beinahe alle von Geschossen getroffen zu Boden fielen und dort vertrockneten. Einer von Juas' Soldaten stolperte, fing sich jedoch beinahe sofort wieder.

Die kurze Unaufmerksamkeit war allerdings alles, was ihr Gegner brauchte. Mehrere schleimige Tentakel schossen nach vorne und fielen über den Setzät her. Der versuchte sich zu wehren, hatte aber keine Chance. Einer der Greifarme des Hirachosa umfasste die Waffe und feuerte mehrere Schüsse auf die Soldaten um ihn herum ab, bevor er selbst getroffen wurde und nutzlos zu Boden fiel.

Die Soldaten wichen dem unerwarteten Angriff aus und wurden daher von den Geschossen so gut wie gar nicht getroffen, aber der Schaden war angerichtet. In dem plötzlichen Chaos hatte keiner von ihnen darauf geachtet, wohin er trat. Mehrere von ihnen entkamen den Kugeln, nur um dann in noch frische Schleimpfützen zu treten, die von Trockenpulver bedeckt waren.

Bevor sie realisierten, was vor sich ging, lag die Hälfte der Soldaten mit Krämpfen am Boden, während ihre äußere Schleimschicht langsam vertrocknete.

Er hat mit uns gespielt. Er wollte, dass wir ihm seine Tentakel abschießen, um den Boden mit Trockenpulver zu bedecken. Er ...

Die Erkenntnis kam zu spät.

Mit der Hälfte der Soldaten am Boden, hatten die restlichen Soldaten dem Hirachosa nichts entgegenzusetzen. Greifarme schlängelten sich schneller um sie, als Juas gucken konnte. Wer nicht zerquetscht wurde, wurde von Schüssen aus den Waffen seiner gefallenen Kameraden niedergestreckt.

Der Sucher wirbelte förmlich um sich. Schlug Tentakel über Tentakel ab. Seine Klingen zuckten mit einer Geschwindigkeit, die sie beinahe unsichtbar machte. Es half nichts. Was der Hirachosa an Schleim verlor bildete er nach oder saugte ihn von den Körpern der Soldaten in sich auf. Ein Sucher konnte Schleim aufnehmen und Erinnerungen daraus entnehmen, aber der Hirachosa tat mehr. Viel mehr. Er bildete neue Tentakel aus dem Schleim und fügte ihn zu seiner eigenen Masse hinzu.

Juas wehrte sich. Zerschnitt Tentakel um Tentakel und saugte Erinnerungen aus den Schleimpfützen um sich herum auf, obwohl er das nicht wollte, aber er hatte keine Möglichkeit, ihnen auszuweichen. Mit jedem neuen Schleim, kamen neue Erinnerungen dazu. Erinnerungen der gefallenen Soldaten. Erinnerungen des Hirachosa.

Es war nicht sein Gegner, der ihn am Ende zu Boden zwang. Es war das Chaos in seinem Kopf. Die Bilder, die wild durcheinanderwirbelten und die Realität auslöschten.

Als der Hirachosa seinen Kopf abtrennte, merkte er es nicht mal mehr.

Kapitel 9

3. September 242

Farmschiff *Olus'ert* – Im Orbit von Rizos IV

Als Forsa'iti in den Gang zur Brücke einbog, konnte er fünf zwölfbeinige Ix sehen, die davor standen und versuchten, die Tür aufzubrechen. Er hatte sie bereits gesehen, bevor er abgebogen war und seine Energielanze daher zurückgelassen.

Drei von ihnen quetschten sich vor der Tür, die beiden am Rand hatten ihre äußeren Beine dabei an der Wand des Ganges hochgestellt, um genug Platz zu finden. Die drei Ix hatten ihre insgesamt zwölf Hände in einen kleinen Spalt zwischen den Türseiten gepresst.

Weiter schienen sie jedoch nicht zu kommen. Was auch immer vor sich ging, jemand hatte die Verriegelung an der Innenseite der Brücke betätigt. Dass sie überhaupt so weit gekommen waren, war ein Zeichen dafür wie weit die Olus'ert in den letzten Jahrtausenden heruntergekommen war.

Krieger ... wenn sie auch nur einen Bruchteil ihrer Zeit darauf verschwenden würden zu lernen wie die Technologie funktioniert, dann wären sie sehr viel weiter. Aber nein, stattdessen stecken sie all ihre Zeit in Trainingskämpfe.

Kämpfe gegen wen? Wir waren allein in der interdimensionalen Spalte. Es gab dort niemanden zu bekämpfen außer uns selbst.

Er bemühte sich seine Verachtung zu verbergen und ließ seine Tentakel stattdessen respektvoll an den Seiten seines

Kopfes herunterfallen und sich leicht nach vorne biegen. Die Geste fiel ihm alles andere als leicht, aber ein Aufgebot von fünf Kriegern auf einmal war zu viel, um sie direkt anzugehen.

Stattdessen ging er auf die beiden zu die Wache hielten. Als er sich ihnen bis auf wenige Schritte genähert hatte, aktivierten sie die Energielanzen in ihren Händen und forderten ihn auf stehenzubleiben.

»Kann ich meine Hilfe anbieten?«, sagte er unterwürfig.

»Wie willst du Missgeburt uns helfen?«, fragte der Rechte von ihnen. Bevor er weitere Beleidigungen ausstoßen konnte, deaktivierte Tres'pri, der links stand, die Energielanze des Kriegers, dicht gefolgt von seiner eigenen.

»Weißt du, wie man die Tür öffnet?«

»Ja. Dort hinten«, er drehte sich leicht und zeigte auf den Gang, aus dem er gerade gekommen war, »befindet sich ein Überbrückungsschalter. Ich bräuchte jedoch Hilfe, da ich zu schwach bin die Abdeckung zu öffnen.«

»Ihr wertlosen Zehnbeiner könnt auch gar nichts alleine.«, spie der erste Ix aus.

Sagt der, der nicht weiß wie er die Tür aufbekommt …, dachte Forsa'iti, sagte aber nichts und ließ die Beleidigung unbeantwortet. *Du kriegst deine Strafe schon noch früh genug.*

Die beiden Krieger folgten ihm stumm und eng aneinandergepresst. Keiner von ihnen wollte den anderen vorlassen. Was auch immer auf der Brücke vorgefallen war, es hatte die Krieger offenbar in einen Zustand versetzt, in dem sie sich gegenseitig beweisen mussten, wer der Stärkste von ihnen war.

Ist Herasu'oli tot?

Der Gedanke überraschte ihn, aber er vergaß ihn beinahe sofort wieder, weil er um die Ecke bog und schnell durch eine Tür in einen Kontrollraum verschwand. Damit machte er den Weg für die beiden Techniker frei, die im Gang standen, ihre Energielanzen in den Händen und bereit sie zu aktivieren, sobald die beiden Krieger um die Ecke kamen. Forsa'iti sah nicht, was vor sich ging, aber er hörte das charakteristische Summen der Energielanzen, als diese aktiviert wurden und zwei dicht aufeinanderfolgende Knacken, gefolgt von zwei seltsamen Klatschgeräuschen.

Als er wieder herauskam, war ihm klar, was er gehört hatte. Das Knacken war das Geräusch gewesen, das die Chitinpanzer der beiden Ix gemacht hatten, als die Energielanzen durch sie hindurchgebrochen waren. Das Klatschen waren die beiden abgetrennten Köpfe, die gegen die Wände des Gangs geflogen waren.

Die Geräusche waren aber auch den drei Kriegern an der Tür zur Brücke nicht entgangen. Forsa'iti konnte hören wie sie zuknallte, als mindestens einer von ihnen losließ. Dann hallten die Geräusche vieler schneller Schritte um die Ecke herum, als die Krieger heranstürmten.

Die drei waren besser vorbereitet, als ihre beiden Vorgänger. Einer von ihnen wehrte die Angriffe der beiden Techniker mit Leichtigkeit ab, während er über die Leichen seiner gefallenen Kameraden stieg und die beiden anderen Krieger deckte, die hinter ihm nachrückten. Die zwei stießen dabei immer wieder an ihrem lebenden Schild vorbei mit ihren Energielanzen nach vorne.

All das konnte der Farmer sehen, als die Krieger an der Tür zum Kontrollraum vorbeikamen. Einer von ihnen blieb stehen und drehte sich in Richtung des Raumes, um ihn zu überprüfen. Forsa'iti konnte förmlich spüren wie über das neurale Netzwerk der Befehl kam, das Licht im Raum zu aktivieren, aber die Rebellen hatten die Beleuchtung zerstört. Es blieb dunkel.

Sie sind es nicht gewohnt, die Schalter zu betätigen.

Von der Seite schnellte plötzlich eine Energielanze vor, um den Krieger zu überraschen – doch der reagierte zu schnell. Seine eigene Energielanze zuckte zur Seite und wehrte den Schlag ab, um dann selbst zum Angriff überzugehen. Der Farmer konnte nicht sehen, was in der dunklen Ecke vor sich ging, doch das knackende, nasse Geräusch reichte ihm aus. Er hatte seinen ersten Toten zu beklagen.

Plötzlich zogen sich die Beine des Kriegers zusammen und bevor er reagieren konnte, wurde er zu Boden gerissen. Schleimige Tentakel schlangen sich immer weiter um ihn und verhinderten, dass der Krieger sich befreien konnte.

»Beweg dich!«, brüllte Ruchta durch die Dunkelheit und riss Forsa'iti aus seiner überraschten Starre.

Der Farmer griff seine Energielanze vom Boden und schnellte nach vorne. In seiner Hast vergaß er sie zu aktivieren und prallte mit seinem ersten, ungelenken Schlag vom harten Chitinpanzer des Kriegers ab. Bevor er ein zweites Mal zuschlug, besann er sich allerdings und die Lanze fraß sich tief in den Torso des noch immer um seine Freiheit kämpfenden Kriegers. Wieder und wieder schlug er zu, bis sein Gegner aufhörte sich zu bewegen.

Die schleimigen Greifarme lösten sich von dem Toten und er konnte ein nasses Klatschen hören. Der Setzät war offensichtlich vor Erschöpfung zu Boden gesunken. Er achtete jedoch nicht sonderlich darauf, sondern stürmte aus dem Raum, um seinen Gefolgsleuten auf dem Gang zu helfen, die mit den anderen Kriegern kämpften.

Er kam jedoch zu spät. Zwei von ihnen lagen tot und von blauem Blut überströmt am Boden. Ein weiterer war einem der nachgerückten Krieger auf den Rücken geklettert und hatte ihn mit seinen zehn Beinen fest umschlungen, während ein anderer von vorne mit einer Energielanze auf den Krieger einprügelte. Drei der vier Arme des Kriegers waren bereits abgetrennt, doch im verbliebenen Arm hielt er noch immer seine Energielanze und versuchte schwach, die Angriffe abzuwehren – ohne Erfolg.

Die Energielanze des Rebellen drang in seinen Torso ein – und kam am Rücken des auf ihm sitzenden, zehnbeinigen Ix wieder heraus. Der zuckte für einen Moment verwirrt mit seinen Tentakeln, dann sackte er tot von dem Krieger herunter, als sein in Schockstarre verfallener Mörder die Energielanze zurückzog. Der Krieger war allerdings noch nicht am Ende. Befreit von der Last auf seinem Rücken, sprang er mit gänzlicher ihm verbliebenen Kraft nach vorne auf die Energielanze seines Angreifers und rammte dabei seine eigene durch dessen Kopf.

Die ganze Szene spielte sich in weniger als zwei Sekunden ab und Forsa'iti konnte nur geschockt zuschauen.

Fünf Tote. Fünf Tote!

Sie hatten genauso viele Krieger getötet, aber dennoch schmerzte der Verlust. Sie waren mit mehr als der doppelten Überlegenheit in den Kampf gegangen.

Zum Glück ist der Rest von ihnen auf der Planetenoberfläche. Wenn sie hier wären ...

Er wollte sich nicht vorstellen, wie ihre Rebellion dann geendet wäre.

Und wir sind noch nicht einmal am Ende. Wir müssen noch immer mit Herasu'oli fertigwerden.

Ruchta richtete sich mühsam wieder auf und taumelte aus dem Kontrollraum in den Gang, um sich anzusehen, was passiert war. Das Gemetzel ließ seinen Atem gefrieren. Er hatte mit Toten gerechnet, aber das ...

Wie können wir seit so langer Zeit einen Krieg gegen die Separatisten führen? Wie viele derartige Blutbäder haben wir innerhalb unserer eigenen, sterbenden Spezies hervorgebracht?

Dass die Ix genauso vor der Ausrottung standen, ließ ihn die Toten nur mehr bedauern. Eine Alternative hatte er aber, bedingt durch das Kastensystem der Aliens, auch nicht gesehen. Es war so oder so zu spät, sich jetzt noch umzuentscheiden.

Stattdessen folgte er den Überlebenden zur Brücke.

Forsa'iti öffnete die Abdeckung des Schalters, mit dem man die Brückentür manuell kontrollieren konnte. Die Krieger, die es gewohnt waren, dass alles im Schiff auf das neurale

Netzwerk reagierte, hatten nicht einmal daran gedacht, dass er existierte. *Sie haben ihm tatsächlich geglaubt, dass er sich weit weg und nicht direkt neben der Tür unter einer Abdeckung befindet.* Einige durchtrennte und kurzgeschlossene Kabel später öffnete sich die Tür.

Sofort hatte er seine Energielanze in der Hand aktiviert und schützend vor sich gehalten. Die Verteidigungshaltung war jedoch unnötig.

Die Brücke wurde von der Notbeleuchtung in ein dunkles, schimmerndes Blau getaucht und wirkte verlassen. Erst bei näherem Hinsehen konnte er einen reglosen Körper sehen, der über einer Konsole zusammengebrochen war.

Ist das Herasu'oli?

Er konnte den toten Körper im Halbdunkel der Brücke nicht wirklich identifizieren, aber wer konnte es sonst sein? Niemand anderes mit zwölf Beinen war auf dem Schiff verblieben.

Einer der Techniker huschte an ihm vorbei auf die Brücke und öffnete eine der Abdeckungen an der Wand. Kurz darauf ging die Notbeleuchtung aus und wurde durch normales Licht ersetzt – und seine Frage beantwortet. Herasu'oli lag tot über einer der Kontrollkonsolen. Blaues Blut war aus zwei klaffenden Löchern in ihrem Rücken über die Konsole auf den Boden geflossen und begann dort langsam zu trocknen.

Ohne dass er etwas sagen musste, rannten zwei seiner Gefolgsleute an ihm vorbei und zogen die tote Kapitänin von der Konsole, um sie dann achtlos zur Seite zu werfen. Forsa'iti hatte keine Einwände gegen das respektlose Verhalten. Die Kapitänin hatte ihn beinahe getötet und, trotz ihrer Versuche sich bei ihm einzuschmeicheln, nichts weiter als

Verachtung für ihn und die restlichen zehnbeinigen Ix gehabt. Sie hatte keinen Respekt verdient.

»Sie hat einen Kurs über die verbliebene Basis der Setzät gesetzt, bevor sie gestorben ist«, verkündete einer der Techniker, nachdem er genug Blut von der Konsole gewischt hatte, um die Eingaben überprüfen zu können.

»Forsa'iti?«, kam die zögerliche Stimme von Teriu'iti hinter einer anderen Kontrollstation hervor.

»Ja?«, fragte er und drehte sich in die Richtung der Ix um.

»Ferui'ilo ... sie ...«, stotterte seine Brutschwester.

»Was ist mit ihr?« *Hatte sie nicht auf der Brücke sein sollen?*

»Sie ist ...«, sie sammelte sich, bevor sie weitersprach. »Sie ist tot.«

Nun bewegte er sich doch zu ihr hinüber, um hinter die Konsole schauen zu können. Der Körper der Medizinerin war geschunden und blutig. Ihr Kopf machte den Eindruck, als wäre er von einem Schraubstock zerquetscht worden – aber sie war dennoch unverkennbar.

Das ist nicht gut. Sie war unsere einzige Medizinerin und ihr einziger Schüler liegt ebenso tot vor der Brücke im Gang.

Die Erkenntnis ließ ihn an den Überlebenschancen der Ix außerhalb der interdimensionalen Spalte zweifeln, aber er behielt sie für sich. Wenn noch jemand daran gedacht hatte, dann schwieg derjenige ebenso. Es hatte keinen Sinn ausgerechnet jetzt Angst in ihren Reihen zu säen. Sie mussten zuerst herausfinden, warum Herasu'oli die *Olus'ert* in Bewegung gesetzt hatte.

Setzät Basis Alpha – Rizos IV

Huirs'oir'tedos hatte keine Zeit ihren Sieg über die Setzät auszukosten. Das Schiff der Ix war in Bewegung und es würde in wenigen Sekunden die vereinbarte Position erreichen. Wenn sie nicht bereit war, wenn das Schiff ankam ... Wer konnte schon sagen, wie lange Tiga'dar'ros die Kontrolle über die *Olus'ert* halten konnte?

Ihr Wirtskörper hatte ihr die Informationen geliefert, die sie gebraucht hatten, um ein Ausbreiten der Ix in der Galaxis zu verhindern. Guhasdnasderasderu und ihr Team hatten nicht nur an einer neuen Technologie geforscht, die interstellare Reisezeiten verkürzen sollte. Nein, sie hatten für das sogenannte Zentralkommando eine neue Waffe entwickelt. Einen Planetenkiller, der es ihnen ermöglichen sollte, jede Basis der Separatisten, die die Setzät fanden, ein für alle Mal zu vernichten.

Und wenn die Waffe einen Planeten vernichten kann, dann kann sie auch durch die Oraschuspanzerung der *Olus'ert* dringen.

Allzu viel von der nahezu unzerstörbaren Panzerung war so oder so nicht mehr übrig, da der Rat der Überlebenden die Oraschusplatten der zivilen Schiffe dazu nutzte, um Schäden an den Militärischen zu reparieren, aber dennoch ...

Kurz bevor ihn der Sucher mit seinen Truppen unterbrochen hatte, war er deshalb dabei gewesen Energie aus anderen Systemen zu der Waffe umzuleiten. Wenn er genug aus ihnen absaugen konnte, dann konnte er – hoffentlich – eine

Entladung produzieren, die die *Olus'ert* vollständig vernichten würde. Das Terraforming-System war dabei seine größte Energiequelle.

Während die Setzät in Basis Beta an einer Verbesserung dieses Systems forschten, waren mehrere Generatoren in Alpha aufgestellt worden, um den gesamten Planeten mit ihnen abdecken zu können. Weitere Generatoren waren über die Planetenoberfläche verteilt. Auf die hatte er jedoch von hier aus keinen Zugriff.

Er schlängelte mehrere Tentakel um die Computerkonsole, auf die er das Waffensystem gelegt hatte und bereitete sie vor. Das Aufladen des Planetenkillers benötigte drei Sekunden. Er hatte fünf, bevor die Olus'ert in Position wäre.

Farmschiff *Olus'ert* – Im Orbit von Rizos IV

»Energiesignatur auf der Planetenoberfläche«, meldete Teriu'iti, die sich an den Sensorkontrollen befand, hinter denen sie Ferui'ilo gefunden hatten. »Eine *gewaltige* Energiesignatur.«

»Reius'pri? Wie weit bist du?«, fragte Forsa'iti den Ix, der an der Navigationskonsole arbeitete.

»Ich bin dabei. Ich bin dabei.«

»Drei Sekunden bis zur Ankunft«, meldete Ruchta, der die Anzeigen auf der Konsole ablas. Seine Stimme klang hohl und der Schleim um seinen Körper wechselte ständig und in schneller Folge die Farbe.

Was auch immer das bedeutet ...

Ruchta stand über der Navigationskonsole und beobachtete den Ix, der dabei war die Abdeckung zu entfernen und versuchte die Befehle zu umgehen, die die Kapitänin einprogrammiert hatte. Als eine der anderen Ix die Energiesignatur meldete, breitete sich Panik in ihm aus und sein Schleim begann mit einem rapiden Farbwechsel.

Er versuchte gar nicht erst die äußeren Signale seiner Panik zu verbergen. Die Ix würden sie vermutlich eh nicht verstehen können.

Alpha hatte an einem Projekt für das Militär geforscht. Wenn es ... sie mussten das Schiff stoppen. Jetzt!

»Drei Sekunden bis zur Ankunft«, rief er geistesabwesend zu Forsa'iti hinüber.

Eine Uiher!

Setzät Basis Alpha – Rizos IV

Eine Sekunde bevor es in Position war, wurde das Schiff im Orbit plötzlich langsamer. Huirs'oir'tedos begann leise zu fluchen und versuchte den Planetenkiller neu auszurichten, aber die Mechanik war zu langsam und ungenau. Das System war nie dafür gedacht gewesen ein bewegliches Ziel anzugreifen. Es war ein Prototyp.

Es hatte genau eine Ausrichtung und vor die würden die Setzät ein Ziel bringen, um es zu testen. Beweglichkeit war unnötig.

Vielleicht bremst Tiga'dar'ros ab, um nicht über das Ziel hinauszuschießen.

»Energiestand 160%«, verkündete eine der Anzeigen in einem dunklen Rot.

Als die Anzeige 170% erreicht hatte, begann der Boden um ihn herum zu beben.

Bei 180% zuckten erste Energieentladungen durch den Raum. Eine traf ihn an der Seite und verbrannte schmerzhaft den Schleim an der getroffenen Stelle.

Es ist noch nicht blau. Warum wird die Anzeige nicht blau, wenn ...

Als die Anzeige 200% erreichte, erinnerte er sich, dass die Setzät rotes Blut hatten. Rot war ihre Warnfarbe. Rot war ...

Bei 210% entlud die Waffe ihre Energie und ein gleißender, mehrere Kilometer breiter, weißer Energiestrahl zuckte gen Himmel.

Farmschiff *Olus'ert* – Im Orbit von Rizos IV

Auf einer der holographischen Anzeigen konnte Forsa'iti beobachten, wie die Planetenoberfläche um Basis Alpha herum zu beben begann.

Bei der Gottheit ...

Bevor er den Gedanken beenden konnte, zuckte ein gleißender Energiestrahl auf das Schiff zu.

Ruchta blieb der Atem im Halse stecken, als ein Energiestrahl von der Planetenoberfläche nach dem Schiff lechzte.

Was ihn erstarren ließ, war jedoch nicht der Energiestrahl, es war das, was er vorher im Hologramm auf der Planetenoberfläche hatte beobachten können.

Erdbeben breiteten sich von Basis Alpha über den gesamten Planeten aus. Überall dort, wo Terraforminggeneratoren standen, konnte er den gleichen Effekt beobachten. Dann kam der Energiestrahl, begleitet von einer Druckwelle voller elektrischer Entladungen, die sich über den Planeten ausbreitete.

Forsa'iti machte einen Schritt zurück, als der mehrere Sekunden andauernde Strahl das Schiff verfehlte. Es waren lediglich einige hundert Meter, aber es reichte. Um Haaresbreite.

Im Weltraum waren ein paar hundert Meter nichts. Jede Berechnung von Abständen fand in Lichtjahren statt. Sie waren ihrer Vernichtung um weniger als 0,00000000000005 Lichtjahre entgangen. Er konnte die gleiche Erkenntnis bei den anderen Ix auf der Brücke sehen, die alle reglos auf das Hologramm starrten. Die einzige Ausnahme bildete Reius'pri, der noch immer dabei war, an der Navigationskonsole zu arbeiten und die Stille mit den Worten »Geschafft, ich habe Kontrolle über das Schiff!« durchbrach. Als niemand darauf reagierte, sah er sich auf der Brücke um und schaute am Ende zu Forsa'iti.

»Was habe ich verpasst?«

Teriu'iti war die erste, die ihre Fassung wiederzuerlangen schien: »Der Planet. Er ist ... tot.«

Erst jetzt schaute der Techniker auf das Hologramm und auch Forsa'iti nahm zum ersten Mal die Folgen für den Planeten unter ihnen wahr, statt nur die Darstellung der O-lus'ert anzustarren, die wie durch ein Wunder noch immer existierte. Der einst blau-grüne Planet hatte sich in ein matschiges Braun verwandelt. Wo es zuvor ganze Meere an Wasser gegeben hatte, befand sich nun nur noch totes Gestein.

Was auch immer die Setzät für eine Waffe abgefeuert hatten, um sie zu vernichten, sie hatten überlebt – und der Planet war gestorben.

»Reius'pri«, wandte Forsaiti sich an den erstarrten Ix, der einige Sekunden brauchte, bevor er reagierte. »Bring uns in den Hyperraum und weg von hier.«

Statt zu antworten, drehte der Techniker sich um und gab einen Kurs ein, der sie aus dem System bringen würden. Wohin war egal.

Forsa'iti sah zu Ruchta, der seinen Blick nicht von der holographischen Darstellung des Planeten abwenden konnte. Der Setzät würde sie begleiten müssen. Ob er wollte oder nicht. Sie konnten ihn nicht mehr auf der Planetenoberfläche absetzen.

Epilog

14. Februar 243
Rizos-System

Das Rizos-System hing allein und verlassen mitten im Raum. Seit den Ereignissen, die sich auf seinem vierten Planeten zugetragen hatte, hatte es niemand auch nur eines Blickes gewürdigt.

Keine Handelsschiffe der Setzät waren gekommen, um Waren an den Außenposten zu verkaufen und auch die Ix waren nicht zurückgekehrt. Es gab nichts für sie zu holen.

Auf Rizos IV ging über dem tiefen Krater, an dessen Stelle sich einst Basis Alpha befunden hatte, gerade die Sonne auf, als ein einzelnes Schiff im System auftauchte und kurz darauf wieder verschwand. Über achthundert Meter lang, bestand es aus einer Ansammlung von schmalen und breiten Ringen, die hintereinander angeordnet waren und zu rotieren schienen.

Der ganze Aufenthalt hatte nicht länger als ein paar Sekunden gedauert.

15. Februar 243

Kriegsschiff *Jerusias as Kormelosi* – Rizos-System

Khelrosaomeskolias, kurz Khelros, stand auf der Brücke des Flaggschiffes des Zentralkommandos und starrte durch den Sichtschirm auf den Planeten vor ihnen, über dem sie gerade aus dem Hyperraum gekommen waren. Damit tat die Präsidentin des Zentralkommandos dasselbe wie die gesamte Brückenbesatzung. Niemand konnte seinen Blick von dem Planeten abwenden, der vor nicht allzu langer Zeit dazu gedacht gewesen war, ihrer Spezies Frieden zurückzubringen.

Es war ein waghalsiger Plan gewesen, den sie und der Rest des Zentralkommandos sich erdacht hatten, aber er war notwendig gewesen.

Das gesamte Projekt WIEDERKEHR hatte nur einen einzigen Zweck verfolgt: Mehrere Kriegsschiffe der Ix aus der interdimensionalen Spalte zu befreien und ihrer Spezies so einen gemeinsamen Feind zu geben. Es hatte aussehen müssen, als wenn ein anderes Experiment schiefgelaufen war, damit die Separatisten das falsche Spiel nicht erkannten, aber das war einfach gewesen.

Alles was sie noch gebraucht hatten, war ein junger Sucher, der glaubwürdig erzählen konnte, wie er versucht hatte die Invasion zu stoppen und der einfältig genug war keinen Verdacht zu hegen. Am Ende musste er nur noch wiedergeben, wie die befreiten Ix das System verlassen hatten und nun alles bedrohten, was die Setzät erschaffen hatten.

Es war so ein einfacher Plan gewesen. Der Planetenkiller in Basis Alpha sollte die Ix in die Flucht schlagen und ihr

Spion in Beta sollte die Schiffe mit einer Wanze versehen, die es ihnen ermöglicht hätte, den Ix zu folgen.

Doch es war anders gekommen. Nur ein einziges Schiff war aus der interdimensionalen Spalte befreit worden – und dazu noch ein Huasne'uri, ein ziviles Schiff. Das war die einzige Meldung gewesen, die sie von ihrem Spion bekommen hatten, bevor der Kontakt zu ihm abgerissen war.

Und wir können nicht mal die noch immer in der Galaxis lebenden Ix nutzen, um einen Feind zu schaffen.

Der Planet, auf den sie die Ix verbannt hatten, war immer nur dem Präsidenten bekannt, doch vor zwei Generationen war dieser dem Hiejsaks-Virus zum Opfer gefallen, bevor er das Geheimnis an seinen Nachfolger weitergeben konnte. Das Wissen um die verbliebenen Ix war damit für immer verloren.

»Bringt uns in den Orbit«, befahl Präsidentin Khelros. »Dann landet Truppen und findet heraus, was hier vorgefallen ist.«

Sie musste den Anschein wahren, um nicht zu verraten, dass sie es bereits wusste.

Nachwort

Es fühlt sich gut an, nach über einem Jahr Pause wieder in die Schattengalaxis zurückzukehren. Sie war das Projekt, mit dem ich meine Autorenkarriere gestartet habe. Damals geplant als einzelne kurze Novelle, die etwa die Länge dieses Buches haben sollte. Das Ergebnis war dann ein etwas längerer Roman, auf den zwei weitere folgten.

Mittlerweile hat sich die Schattengalaxis weiterentwickelt. Weg von der ursprünglichen, kleinen Idee. Hin zu etwas Großem. Es ist nicht mehr mit einer einzelnen Trilogie getan. Die Schattengalaxis bietet Raum für mehr. Viel mehr.

Projekt Wiederkehr ist der Anfang zur Öffnung dieses großen Universums. Weg von den Geschichten der Menschen, hin zu Aliens, die lange vor ihnen die Galaxis beherrschten. Ich habe einige Pläne mit der Mythologie dieses Universums und habe den Grundstein dafür schon im letzten Zyklus gelegt. Hier erweitere ich diesen nun, auch wenn noch nicht alles ersichtlich ist. Aber keine Sorge, das wird sich mit der Zeit ändern. Mit jeder neuen Veröffentlichung kommt ein neues Mosaik dazu, bis ich schließlich das habe, was ich haben will: Ein riesiges, lebendiges Universum. Gefüllt mit Geschichten, die nicht immer nur die gleichen Charaktere oder Spezies behandeln.

Ein vielschichtiges Universum, das Abwechslung für meine Leser und Leserinnen bietet.

An dieser Stelle möchte ich mich auch wieder bei meinen Lektorinnen bedanken. Pippa Schneider und Roswitha Druschke haben gewohnt großartige Arbeit geleistet, um meine teils wirren Gedanken in eine gradlinige Form zu bringen und Fehler auszumerzen, die bei der Entstehung einer solchen Geschichte zwangsläufig passieren. Ohne sie wäre die Geschichte nicht das, was sie ist.

Mein Dank gilt natürlich ebenfalls den Lesern und Leserinnen dieses Buches und der bisherigen Schattengalaxis. Ohne Leser ist einem als Autor schnell langweilig, nur dank euch macht es immer wieder Spaß neue Bücher zu schreiben. Sie sollen schließlich auch gelesen werden.

Glossar

Brutkammern: Tankartige, halbdurchsichtige Kammern, in denen die Ix ihre Nachkommen züchten, seit sie ihre Fähigkeit verloren haben, sich selbstständig fortzupflanzen.

Energielanze: Kampflanze der Ix mit zwei energiegeladenen Enden. Im aktivierten Zustand sind Energielanzen in der Lage beinahe jede Oberfläche zu durchdringen.

Großer Krieg, Der: Vor Fünftausend Jahren stattgefundener Krieg zwischen den Ix und Setzät. Endete, nachdem die Setzät beinahe die gesamte Kriegsschiffflotte der Ix in eine interdimensionale Spalte verbannten.

Hiejsaks-Virus: Selbstgezüchteter Virus, der auf den genetischen Code der Separatistenanführer und ihrer Familien programmiert war, um diese auszurotten. Der Virus ist jedoch mutiert und hat beinahe die gesamte Spezies der Setzät dahingerafft – während die Separatistenanführer unberührt blieben.

Hirachosa: Parasitäre Spezies, gezüchtet von den Ix. Übernehmen Wirtskörper und haben Zugriff auf all ihr Wissen und ihre Erinnerungen. Werden stärker und gefährlicher, je näher sie den Ix sind und desto mehr von ihnen sich in ihrer Nähe befinden.

Hirachosascanner: Von den Setzät entwickelte Scanner, die einen Hirachosa in einem Wirtskörpers aufspüren können.

Huasne'uri-Klasse: Zivile Klasse von Farmschiffen der Ix, die eine Flotte während der langen Reisen durch den Hyperraum versorgen.

Hyperraum: Ebene zwischen den Dimensionen, die Reisen zwischen Lichtjahren entfernten Punkten in relativ kurzer Zeit ermöglicht.

Interdimensionale Spalte: Spalte zwischen den Dimensionen, in die die Setzät die Ix verbannt haben. Es ist beinahe nichts über die Spalte bekannt.

Ix: Spinnenartige Aliens mit zehn oder zwölf Beinen und vier Armen. Tentakel auf ihrem Kopf dienen dazu Emotionen zu zeigen. Ihre gesamte Kriegsschiffflotte wurde vor fünftausend Jahren von den Setzät in eine Falle gelockt und in eine interdimensionale Spalte verbannt.

Jerusias as Kormelosi: Schiff der Nuertisulosaria-Klasse. Das Flaggschiff des Zentralkommandos der Setzät.

Khelrosaomeskolias »Khelros«: Präsidentin der Setzät.

Neurales Netzwerk: Telepathisches Netzwerk der Ix, das sie sich vor Jahrtausenden selbst in ihren genetischen Code geschrieben haben. Es verbindet die zwölfbeinige Kriegerkaste der Aliens untereinander.

Nuertisulosaria-Klasse: Kriegsschiffklasse der Setzät. Nur wenige Schiffe dieses Typs existieren.

Olus'ert: Schiff der Huasne'uri-Klasse, das von den Setzät versehentlich aus der interdimensionalen Spalte befreit wurde.

Separatisten: Gruppe innerhalb der Setzät, die nicht damit einverstanden waren, dass zivile Teile der Ix nach dem großen Krieg am Leben gelassen wurden. Rebellieren seit fünftausend Jahren mit einem Bürgerkrieg gegen das Zentralkommando.

Setzät: Von einer Schleimhülle umgebene Aliens ohne Gliedmaßen. Sie haben die Ix vor fünftausend Jahren in die interdimensionale Spalte verbannt. Sind seitdem von einem großen Bürgerkrieg erschüttert, der nicht enden will. Stehen kurz vor der Ausrottung durch das Hiejsaks-Virus.

Sucher: Siehe Sucherorden.

Sucherorden: Der Sucherorden wurde gegründet, um Hirachosa innerhalb der Reihen der Setzät aufzuspüren und zu vernichten. Nach dem Ende des großen Krieges wurden sie vor allem zum Aufspüren von Verrätern eingesetzt.

Zentralkommando: Regierungsapparat der Ix. Hatte vor dem Bürgerkrieg hauptsächlich das militärische Kommando, hat seitdem aber die Kontrolle über sämtliche Setzät – mit Ausnahme der Separatisten – an sich gerissen.

Kalender der Setzät

Uiher, die (Plural: Uihern): Kleinste Zeiteinheit der Setzät (3,14 Sekunden)

Horis, die (Plural: Horen): 70 Uihern (3,66 Minuten)

Ziso, die (Plural: Zisen): 70 Horen (4,27 Stunden)

Zyklus, der (Plural: Zyklen): 10 Zisen (eine Umdrehung ihres Heimatplaneten um sich selbst – 1,78 Tage)

Oktat, das (Plural: Okten): 8 Zyklen (2,04 Wochen)

Lunos, das (Plural: Lunen): 65 Zyklen (3,86 Monate)

Jiner, das (Plural: Jinern): 845 Zyklen (Eine Sonnenumrundung ihres Heimatplaneten – 4,12 Jahre)

Schattengalaxis - Am Rande des Untergangs

Drei Romane in einem! *Am Rande des Untergangs* vereint den ersten Zyklus der packenden Schattengalaxis-Saga in einem mitreißenden Sammelband.

Das Jahr 2270 – Unter der Führung der Terranischen Republik hat sich die Menschheit über die ein Dutzend Kolonien in der Galaxis ausgebreitet. Mittlerweile ist die einstige Heimat der Menschen, die Erde, heruntergewirtschaftet und halb zerstört. Als sich die Republik dazu durchringen kann ein gewagtes Terraformingprojekt zur Rettung der Erde anzustoßen, kommt es zur Katastrophe.

Der Kontakt zur Erde bricht ab und ein Schatten breitet sich über die Galaxis aus, der nach und nach die Kolonien verschlingt, bis nur noch eine übrig ist. Das Rateri-Protektorat. Auf sich alleine gestellt kämpft die letzte Kolonie um ihr Überleben gegen den geheimnisvollen Feind, ohne zu wissen, dass Verschwörer bereits unter ihnen sind. Mit Feinden von außen und innen auf dem Vormarsch sind die letzten Tage der Menschheit angebrochen. Wenn es einer kleinen Gruppe von Menschen nicht doch noch gelingt, die letzte Kolonie vor dem Schatten zu bewahren.

Erhältlich im gut sortierten Buchhandel als E-Book und Taschenbuch.

Schattengalaxis I – Die letzten Tage

Erster Band des ersten Schattengalaxis-Zyklus *Am Rande des Untergangs*. Im Sammelband enthalten.

Während sich der Schatten der letzten verbliebenen Kolonie der Menschheit nähert, versucht diese sich zu wappnen. Doch was ist der Schatten? Wie kann man sich etwas entgegenstellen, von dem man nicht weiß, was es ist?

Und der Schatten ist nicht das einzige Problem. Während der Bau des neuen Flaggschiffs von Problemen geplagt ist, versuchen finstere Kräfte im Inneren ihn noch weiter zu stören und schrecken auch nicht vor Sabotage zurück.

Kann die Menschheit der unbekannten Kraft trotzen oder wird der Schatten ihren Untergang besiegeln?

Erhältlich im gut sortierten Buchhandel als E-Book und Taschenbuch.

Schattengalaxis II – Feuertod

Zweiter Band des ersten Schattengalaxis-Zyklus *Am Rande des Untergangs*. Im Sammelband enthalten.

Das Rateri Protektorat ist gefallen und die Hagner treibt in einem unbekannten System in das Admiral Rodriguez sie geschickt hat.

Doch den Admiral plagt ein dunkles Geheimnis. Ist er wirklich, wer er vorgibt zu sein oder plant er den endgültigen Untergang der Menschheit?

Während Ranai ums nackte Überleben und die Kontrolle über ihren Verstand kämpft, muss Zetoras die Wahrheit über seinen Freund ergründen. Nur wenn er Admiral Rodriguez vertrauen kann, hat die Menschheit eine Chance zu überleben.

Erhältlich im gut sortierten Buchhandel als E-Book und Taschenbuch.

Schattengalaxis III – Das letzte Gefecht

Dritter Band des ersten Schattengalaxis-Zyklus *Am Rande des Untergangs*. Im Sammelband enthalten.

Nach der Zerstörung der Raumflotte der Ix im Rateri-System sind die Invasoren noch lange nicht besiegt. Die Kämpfe mit den Bodentruppen ziehen sich hin und drohen die wenigen verbliebenen Truppen der letzten freien Menschen zu überwältigen.

Währenddessen setzt Ranai, die letzte verbliebene Level Fünf Agentin, alles daran einen Widerstand im Orion-System aufzubauen, um die Planeten den Klauen der Ix zu entreißen und bekommt unerwartete Hilfe.

Doch eine der Ix verfolgt ihre eigenen Pläne. Getrieben von Rachsucht erschüttert sie das Machtgefüge der Aliens und droht, alle Bemühungen der Menschen zunichte zu machen.

Können die Rebellen gegen die Übermacht der Ix bestehen oder ist die Menschheit dem Untergang geweiht?

Erhältlich im gut sortierten Buchhandel als E-Book und Taschenbuch.

Schattengalaxis – Blutfall

Kurzgeschichte im Schattengalaxis-Universum. Leseempfehlung zwischen *Feuertod* und *Das letzte Gefecht*. Nicht im Sammelband enthalten.

Im Jahr 2264 haben sich die beiden Level Fünf Agenten Naomi Carter und Angus O'Neill an Bord eines der Schiffe der Aliens, die die Terranische Republik zu Fall gebracht haben, in das Orion-System geschmuggelt.

Dort leisten sie den Aliens Widerstand, so gut es geht. Doch Rückschläge sind an der Tagesordnung.

Schon bald kommen sie auch noch einem düsteren Plan der Invasoren auf die Spur, der ihre Chancen das System und damit auch die gesamte Menschheit zu befreien zunichte machen könnte.

Erhältlich im gut sortierten Buchhandel als E-Book und Taschenbuch.

Legenden der Elben – Verbannt

Legenden erzählen, dass vor tausenden von Jahren Drachen die Magie aus der Welt von Foresun verbannten. Ohne Magie verschoben sich die Machtverhältnisse, während die Völker Ersatz für den Verlust ihrer magischen Fähigkeiten suchten. Die Elben entwickelten dampfgetriebene Hochtechnologie- Bögen und die Zwerge bauten fliegende Berge, von denen aus sie seit Jahrtausenden die Welt von Foresun beherrschen.

In einem der letzten verbliebenen Elbendörfer tötet Aregas den Sohn des Dorfältesten und wird zur Strafe aus den Wäldern von Warildor verbannt. Auf sich allein gestellt trifft er auf eine Gruppe von Zwergen und eine uralte, lederne Karte – die den Schlafplatz eines Drachen aufzeigt. Diese Fabelwesen sind schon lange nur noch Legenden, gefährliche Legenden. Aber die Aussicht auf Gold, Wissen und eventuell sogar Magie bringt Aregas dazu sich mit den Zwergen zusammenzuschließen, um den Drachen zu finden. Doch Aregas ist nur eine Figur in einem weitaus größeren Spiel. Dunkle Kräfte innerhalb der Elben spielen dabei mit Mächten, denen Sterbliche nicht gewachsen sind …

Erhältlich im gut sortierten Buchhandel als E-Book und Taschenbuch.

Der Brand: Brandgefährliche Kurzgeschichten

Vom Autor der SCHATTENGALAXIS und LEGENDEN DER ELBEN - VERBANNT kommt eine Sammlung von neun brandgefährlichen Kurzgeschichten.

****

Wenn mitten in der Nacht dein Haus brennt und du deine Kinder nicht finden könntest? Was würdest du tun? Wie weit würdest du gehen, um sie zu retten?

Erhältlich im gut sortierten Buchhandel als E-Book.

Battletech: Gejagt: Der Silent-Reapers-Zyklus

Die Söldner der Silent Reapers haben sich auf die Aufträge spezialisiert, die sonst niemand leisten kann - oder will. Kommandoeinsätze und Infiltrationen sind ihr täglich Brot und ein gutes Geschäft. Ein fragwürdiger Kontrakt auf Capra macht die Einheit jedoch zu Gejagten und stellt die Zukunft der Silent Reapers auf eine harte Probe. Einzig Blakes Wort ist bereit das Versteck der Reapers nicht zu verraten und ihnen einen Kontrakt anzubieten. Doch Verrat aus den eigenen Reihen und ein Nuklearanschlag auf Tharkad lassen die Reapers an ihrem Auftraggeber zweifeln. Ist der Untergang der Silent Reapers besiegelt?

Ab Mai 2015 als Taschenbuch erhältlich!
Der Silent-Reapers-Zyklus erschien zuerst als sechsteilige E-Book-Reihe vom November 2014 – April 2015.